10|18

12, avenue d'Italie — Paris XIIIe

Du même auteur
dans la collection 10/18

MISS SEETON ENTRE EN SCÈNE, n° 2805
MISS SEETON PERSISTE ET SIGNE, n° 2806

MISS SEETON JETTE UN SORT

PAR

HERON CARVIC

Traduit de l'anglais
par Dominique DUPONT-VIAU

10|18

INÉDIT

« Grands Détectives »
dirigé par Jean-Claude Zylberstein

Titre original :
Witch Miss Seeton

ISBN 2-264-02397-X

Presque fâché avec le deuil.
Qui me jette un sort ?
pas tout à fait SHAKESPEARE

CHAPITRE PREMIER

Pauvre vache !

L'inspecteur principal Brinton de la division d'Ashford battait de la semelle, les pieds glacés dans l'herbe humide. Cinq heures et demie du matin, une fichue heure pour être debout ! Et pour être dehors, donc !... Va pour les fermiers, si ça leur chantait. S'ils avaient une once de bon sens, ils se lèveraient à une heure civilisée. Et les gens civilisés leur accorderaient un intérêt civilisé quand ils découvrent des macchabées dans les fossés.

L'inspecteur principal regarda l'agent Potter, de Plummergen, accroupi contre la haie d'aubépine avec les deux policiers de la voiture de patrouille et deux ouvriers agricoles. Ils firent passer des cordes sous le corps et se préparèrent à le hisser hors du profond fossé qui longeait le champ. Il se tourna vers l'homme qui se tenait près de lui.

— Bon, doc, on vous l'expédie au labo. Faut qu'on ait le rapport dès que possible, mais ça me paraît assez clair. D'après les marques aux pattes, on l'a attachée et éventrée vivante.

L'autre rentra la tête dans les épaules.

— Y aurait pas autant de sang, autrement.

Brinton fit un signe au fermier.

— Vos gars peuvent la fermer ?

Le fermier acquiesça.

— Bien. Veillez-y. Vous aussi, d'ailleurs. M'a l'air d'un truc rituel. C'est pas la peine d'en rajouter. Et cette histoire de messe noire à l'église de Malebury n'arrange pas les choses, alors on la boucle pour l'instant. Si on ébruite l'histoire, avec les gens qui voient des sorcières et des diables partout dans ce maudit coin, ça va mettre le feu aux poudres.

Brinton s'éloigna. Les religions. Ils en avaient ras le bol, des religions ! Comme si ça ne suffisait pas, cette histoire de Conscience qui rendait fou le préfet de police. Après que la police de Maidstone, sur les ordres du préfet, eut essayé par deux fois, en vain, d'infiltrer l'organisation, pour en découvrir le but et savoir pourquoi la moitié des plus grosses fortunes du Kent semblait leur remettre des dons comme des agneaux qui vont à l'abattoir, le préfet avait réuni tous les responsables des différentes sections pour leur faire un brin de causette. Un crétin avait suggéré de faire appel au Yard. Il semblait ignorer qu'on ne pouvait pas transmettre une affaire qui n'existait pas, et pour l'instant ils n'avaient rien contre Conscience, qui jusqu'à preuve du contraire était blanc comme neige. Brinton esquissa un sourire. Il avait proposé une idée pour infiltrer l'organisation et le préfet avait presque donné son accord, d'autant plus que si ça réussissait, le Yard serait coincé. Et avec cette histoire de sorcellerie qui commençait à devenir sérieuse, ils auraient besoin de toute l'aide qu'ils pourraient obtenir pour contrer Conscience. Le préfet lui avait donné le feu vert pour qu'il aille à Londres en toucher un mot à l'Oracle et voir ce qu'ils pouvaient faire. Il pourrait toujours essayer de faire appel aux lumières de l'Oracle sur les sorcières par la même occasion.

Les sorcières. Brinton jeta un dernier coup d'œil sur les hommes qui sortaient le corps du fossé et regarda ses chaussures éclaboussées de boue rougie, les essuya dans l'herbe, ce qui acheva de les tremper, puis il enfonça ses mains dans ses poches et rejoignit sa voiture à grands pas.

Pauvre vieille vache !

L'inspecteur principal n'avait jamais eu l'occasion auparavant de visiter New Scotland Yard. Il contempla le bâtiment. Doit leur coûter un max pour nettoyer les vitres, songea-t-il. Il entra, donna son nom, son grade, son adresse privée et professionnelle, et indiqua le but de sa visite, puis on le remit entre les mains d'un guide qui lui fit prendre l'ascenseur où il fut propulsé tout en haut.

Le commissaire Delphick se leva pour accueillir son visiteur.

— Chris ! Ça fait plaisir de te voir. Tu connais Bob Ranger.

— Bonjour, monsieur, fit Bob.

Le sergent Ranger rassembla ses papiers et s'apprêta à sortir, mais Brinton lui fit signe de rester.

— Asseyez-vous, mon garçon. Cette visite n'est pas officielle, mais on aura peut-être besoin de vous.

Le « garçon » de deux mètres de haut et d'une corpulence à l'avenant reprit sa place. Il posa ses papiers sur le bureau et se rassit, la mort dans l'âme. Pourquoi ce vieux persécuteur de Brinton voulait-il qu'il reste ? Le seul lien qu'il avait eu jusque-là avec le Kent, en dehors d'Anne, c'était les balades avec l'Oracle, à Plummergen. Bon, d'accord, sans ça il n'aurait jamais rencontré Anne. Mais pourquoi Plummergen ? C'était pas possible que Miss Seeton ait encore fait des siennes !

— Thé ou café ? demanda Delphick.

— Du café, s'il te plaît, Oracle, répondit Brinton. Le sergent décrocha le téléphone et demanda du café et des biscuits pour trois.

Le commissaire s'adossa à son siège.

— Bien, Chris, qu'est-ce qu'on peut faire pour toi et qu'est-ce qui t'amène en ville ?

— La religion, grommela l'inspecteur principal. Il posa son porte-documents par terre et son chapeau à côté.

La religion ? Delphick dévisagea son vieil ami.

— Et ta visite est officieuse, si je comprends bien. Canterbury a égaré son archevêque, ou quoi ? Qu'est-ce qu'il se passe ?

— Des choses graves, répondit Brinton. Enfin, d'après nous. Et une migraine pour toi, du moins en perspective. Une foutaise soi-disant religieuse connue sous le nom de Conscience, dont le siège est à Londres.

Il adressa un grand sourire au commissaire.

— Ma visite n'est pas officielle, mais la bénédiction, si, et notre préfet de police en a aussi touché un mot officieusement à ton directeur adjoint, grâce à une idée brillante que j'ai eue, vu qu'on en a déjà plein sur les bras avec une autre histoire de religion.

Delphick était intrigué. Il fallait que ce soit quelque chose qui sorte vraiment de l'ordinaire pour que ça turlupine Brinton.

— Qu'est-ce qu'il se passe ?

L'autre secoua la tête.

— Le Diable et toutes ses œuvres. On a une vague de feuilles de thé, pas une déferlante, mais des séances de lecture au fond des tasses, des esprits frappeurs, des boules de cristal et tout. Et ça s'étend.

— Et qu'est-ce qui est si grave ?

— Tu le saurais si tu devais te coltiner avec. Des messes noires, de la sorcellerie et toutes ces bêtises. Alors cette couillonnade qui fait perdre la boule à notre préfet, cette Conscience, c'est la goutte d'eau qui fait déborder le vase.

Le commissaire écrivit quelque chose.

— Un lien entre les deux religions ?

— Non. Sauf que l'une alimente l'autre. Avec tout ce foin sur les sorcières et les gens qui voient le Diable à tous les coins de rues, ils commencent à chercher quelqu'un d'autre chez qui mettre leur âme en gage, quand il est encore temps. Des sorcières ! ronchonna Brinton. On en entend toujours un peu parler à droite et à gauche. En général, c'est pas méchant, même si apparemment ça prospère en ce moment, mais cette histoire de Conscience — la fin du monde est imminente, disent-ils — nous met sur les rotules et les dindons de la farce s'y agglutinent comme des guêpes sur de la confiture. Je parie que c'est de l'arnaque ! Avec leurs têtes d'enterrement, c'est sûrement des escrocs.

Delphick inscrivit à nouveau quelques mots.

— Conscience, fin du monde... ça me dit quelque chose.

Il réfléchit un instant.

— Non, ça m'échappe. C'est lié à l'Écosse, je crois. Je vérifierai.

— Et maintenant, poursuivit Brinton, pour couronner le tout, on a eu un meurtre.

— Un meurtre ? répéta Delphick en lui lançant un regard perçant. Quand ? Je suis pas au courant.

— Avant-hier, dans la nuit. Les journaux ne le

savent pas encore et je n'ai pas l'intention de leur en parler. J'ai dit à tout le monde de la fermer. Pas envie de semer la panique.

Le sergent dévisagea Brinton. Il avait perdu la boule ou quoi ? On ne pouvait pas passer un meurtre sous silence. Ça allait barder !

Le commissaire se pencha en avant, stylo en l'air.

— Qui est la victime ?

— Une vache.

Delphick baissa la tête pour dissimuler son sourire et écrivit : *Potasser la sorcellerie.*

— Un fermier qui s'appelle Mulcker nous a appelés hier matin, après en avoir trouvé les restes. J'ai reçu le rapport du véto et on a fait quelques recherches dans le coin, et j'aime pas beaucoup la tournure des choses. Ça sent mauvais.

Le fermier, qui vivait juste à la sortie de Plummergen, avait appelé l'agent de police du village peu après cinq heures du matin. Le policier était allé jeter un coup d'œil et avait appelé Brettenden qui, en entendant son rapport, avait appelé Ashford. L'équipe d'une voiture de police qui avait capté l'appel avait à son tour fait son rapport au quartier général après son inspection. Tiré du lit et d'une humeur massacrante, l'inspecteur principal avait dû arpenter des champs détrempés, sous le crachin, pour inspecter la carcasse d'une vache, inspection qui n'avait fait qu'aggraver sa mauvaise humeur, même si la raison en avait changé. Le corps reposait dans un fossé qui longeait un champ. Les traces de cordes étaient encore visibles sur les pattes avant et arrière. Une rapide autopsie avait confirmé les soupçons de la police : l'animal avait été attaché, puis on lui avait arraché le cœur et le foie alors qu'il était toujours vivant.

Delphick fouilla dans sa mémoire.

— Ta vache, ce n'était pas une génisse ?

— Ouais, Oracle, t'as vu juste.

— Une génisse, Bob, expliqua le commissaire en voyant l'air hébété du sergent, est une vache vierge. Le sacrifice d'une vierge, comme dans le vaudou ou la magie noire. On refertilise la terre avec le sang de la victime.

Mais le sergent avait toujours l'air hébété.

— On a trouvé des traces du cœur et du foie ? demanda Delphick.

— Je crois que oui.

Un coup à la porte annonça l'arrivée du café.

Brinton se servit trois cuillerées de sucre et remua lentement son café.

— J'ai demandé à tous nos gars de garder l'œil ouvert, et Potter, qui est sur Plummergen, a remarqué les cendres d'un feu dans un coin du cimetière, le long de la vieille église en ruine après Iverhurst. C'est sur sa ronde, à environ trois kilomètres seulement de Plummergen. Il a fouillé le coin et nous a passé un message radio. Il y avait des restes d'abats brûlés avec, plantés dedans, des débris d'épines carbonisées. Du moins, ça y ressemblait. J'ai pas encore le rapport du labo, mais j'en suis presque sûr.

Il posa sa tasse sur le bureau de Delphick.

— Ça nous arrange pas que Malebury, où ils ont eu une histoire de messe noire il y a quinze jours, se trouve à une quinzaine de kilomètres, juste au-delà de la limite du comté.

— Je vois, dit Delphick. Oui, c'est pas joli. En plus, une fois qu'ils commencent à tuer, on ne sait jamais jusqu'où ils vont aller.

Bon, ils avaient eu la religion, Conscience, la sorcellerie, Conscience à nouveau, des vaches mortes et encore de la sorcellerie. Mais que voulait donc Chris ? se demanda Delphick.

— Dis-moi, cette idée géniale que tu as eue... qu'est-ce que toi ou ton préfet attendez de nous ?

Brinton souffrait les affres d'une gêne qui ne lui ressemblait pas. Dans le Kent, sa solution avait paru la manière la plus évidente et la plus pratique pour résoudre le problème. Mais ici, à Londres, dans cette atmosphère, dans le saint des saints de la police, elle lui semblait tirée par les cheveux et peu professionnelle. Si bien que maintenant qu'il était arrivé devant l'obstacle principal, il reculait. Il regarda le plafond, puis le sol, et enfin Delphick.

— Bien, Oracle. Il s'agit de ta copine, la prof de dessin, le Pébroc Vengeur.

Le sergent poussa un énorme soupir. Il le savait. Depuis le début. Près de Plummergen, une histoire aussi incroyable de vaches sacrifiées et d'entrailles cuisinées pour dîner dans des cimetières : on était sûr que Miss Seeton se tenait derrière tout ça. Ou si ce n'était pas encore le cas, ça n'allait pas tarder. Il en mettrait sa main au feu.

— Qu'est-ce que la pauvre Miss Seeton a fait ? demanda Delphick.

— Ce n'est pas ce qu'elle a fait, c'est ce qu'on veut qu'elle fasse. On veut qu'elle adhère à Conscience.

Delphick se redressa sur son siège.

— Vous voulez qu'elle fasse quoi ?

— Notre préfet s'inquiète. On a surveillé quelques-unes de leurs assemblées publiques dans la région. Elles se sont toutes bien déroulées, sans anicroche, juste un tas d'inepties. Mais ça sent mauvais. Trop de gens friqués y adhèrent et le préfet pense qu'ils se font escroquer. Alors il a décidé de tenter le coup avec une taupe. Maidstone a essayé deux fois, mais ça n'a pas marché. La première fois, un jeune flic a assisté à une réunion à Tonbridge. Il a joué les ingénus enthousiastes, mais il s'est fait blackbouler. Leur gourou, qu'ils appellent le Maître en Conscience, lui a dit qu'il n'avait pas la bonne vocation. A mon avis, ils ont pensé qu'il n'avait pas de bonnes espèces sonnantes et trébuchantes. Qu'à cela ne tienne ! Le préfet a puisé dans les fonds et fait une nouvelle tentative avec quelqu'un de plus âgé, une femme sergent, qui allait faire une première mise de trois cents livres, pour payer la cotisation qui donne le droit de devenir Béjaune, le grade le moins élevé. Il faut vraiment l'être, pour une telle somme. Mais ils sont plutôt malins. Ils ont pas voulu de son fric. A mon avis, c'était la bonne idée, mais pas la femme requise. Elle était du genre coriace et intelligent. Ce qu'il faut, c'est une vieille bique mal fagotée, l'air crédule, le genre de celles qui donnent dans ce type d'âneries. Alors je me suis dit : « Mince alors ! On a ce qu'il faut. Miss Seeton. C'est elle tout craché. »

— Miss Seeton n'est pas une vieille bique crédule, rétorqua Delphick.

— J'ai pas dit qu'elle l'était, j'ai dit qu'elle en avait l'air. Une innocente comme elle, jamais ils ne la soupçonneront ! Le groupe de Conscience va bientôt se réunir à Maidstone. Elle est de la région. Qui est mieux placé pour aller y voir tranquille, comme si ça l'intéressait, tomber foldingue des idioties qu'ils débitent et vouloir adhérer à leur truc ? Ils ne sont pas obligés de savoir qu'elle n'a pas d'argent. Il y a bien des vieilles filles qui vivent seules dans un petit cottage et qui sont pleines aux as.

Delphick secoua la tête.

— Je ne le sens pas, Chris. Miss Seeton a beaucoup trop de bon sens pour adhérer à ce genre d'organisation dont tu parles. Comment vas-tu la convaincre de faire l'indic pour vous ? Si tu lui dis la vérité, et qu'elle tente le coup, ce dont je doute, elle n'a rien d'une comédienne et elle se trahira tout de suite. De plus, s'ils brassent beaucoup d'argent avec cette combine, comme tu sembles l'indiquer, cela pourrait être dangereux.

Mais Brinton écarta cette dernière objection.

— Oh ! on enverrait quelqu'un avec elle pour veiller à ce qu'il ne lui arrive rien. Quant au reste...

Il donna des petits coups de son index boudiné sur le bord du bureau du commissaire.

— ... On espère bien que tu sauras la convaincre.

— Moi ? s'exclama Delphick. Oh ! non, fais toi-même ton sale boulot.

Mais l'autre fit semblant de ne pas l'entendre.

— Tu la connais mieux que moi. Après tout, elle a déjà travaillé pour toi. Tu l'as payée pour ses crobars bizarres, et certains étaient même très bizarres, ponctua-t-il avec un enthousiasme grandissant. Alors on pourrait en faire autant. Dis-lui que cette Conscience nous intéresse, qu'on a besoin d'en savoir davantage à son sujet et qu'il nous faut un petit coup de main. Ça va la faire craquer et puis, de toute façon, c'est presque vrai. Alors si elle assistait à une réunion, prenait quelques notes et faisait un ou deux croquis de ce qu'elle trouverait intéressant, et si, après la réunion, elle pouvait devenir membre de la bande — bien sûr, on fournirait l'argent —, ça nous aiderait encore plus, dit-il en souriant. Les choses ont le don de se déclencher dès qu'elle est dans les parages. Je ne dis pas qu'elle les provoque, mais tu dois reconnaître qu'avec elle ça remue drôlement.

Delphick haussa les épaules et se renversa sur son siège.

— Essaie si tu veux, Chris. Si tu as convaincu ton préfet, rien ne t'empêchera de foncer, mais je ne vois pas ce qu'on vient faire là-dedans.

— Ah non ? rétorqua Brinton. C'est à ce sujet que notre préfet a eu un mot avec ton directeur adjoint. Ils te transmettent de façon non officielle cette vaste arnaque à démêler, en quelque sorte.

Il désigna brusquement le sergent du pouce.

— Mon idée, c'est qu'il est temps que ton colosse ici présent parte en congé. Puisqu'il est fiancé à la fille du Dr Knight, il devrait aller à Plummergen et faire un peu sa cour. On va avoir besoin de quelqu'un pour garder l'œil, quelqu'un qui ait une raison d'être là, sans lien avec un travail de flic.

Congé ? Débarquer dans le Kent et passer quelque temps avec Anne ? Bob Ranger rayonnait. C'était le genre de truc qui vous remontait un homme. Plein d'espoir, il regarda son supérieur.

— Pourquoi Plummergen plutôt qu'Iverhurst ? demanda Delphick.

— Iverhurst est trop petit. Trois ou quatre fermes, quelques cottages et c'est tout. Même pas une épicerie. Plummergen est la porte à côté, avec environ cinq cents habitants. Si ton DA est d'accord, et Miss Seeton aussi, ça veut dire qu'on aura ton sergent sur place avec une couverture plausible pour veiller au grain, te tenir au courant et aussi avoir Miss Seeton à l'œil.

Le sergent, plutôt interloqué, battit des paupières. Avoir Miss Seeton à l'œil ? Y en avait pas deux comme elle au monde. Elle allait faire des cabrioles avec pour toute arme son innocence et son parapluie, et tout irait cul par-dessus tête d'ici à l'autre bout de la planète en un rien de temps.

Le commissaire reposa son stylo sur le bureau.

— En admettant tout cela, tu as vérifié avec

Miss Seeton, Chris ? Qu'est-ce qu'elle fait ? Est-elle disponible ?

Brinton se mit à rire.

— J'ai demandé à Potter. Il m'a dit que, comme toute la région, Plummergen a la trouille avec ces histoires de sorcellerie, et la moitié du village a plus ou moins décidé que Miss Seeton mène le sabbat. Dès que Potter a parlé d'elle et des sorcières, ç'a été comme un signe du destin pour moi. Je me suis dit : tant qu'à ce qu'elle reprenne du service, qu'au moins on la mette sur la bonne voie. Ce serait vraiment gentil de notre part de l'extirper de la sorcellerie et de la fourrer chez Conscience. Dieu sait que si elle donnait un petit coup de parapluie dans Conscience et nous disait ce qu'il y a là-derrière, on lui en serait reconnaissants. Mais si elle doit recommencer à prendre des bains de minuit dans les étangs comme elle l'a déjà fait, à arpenter le canal à la nage et à nous fiche un joyeux bordel, je ne veux pas en prendre la responsabilité. Pas tout seul. En plus, on va avoir besoin d'un budget spécial pour des chapeaux et des parapluies. Elle est capable d'en consommer trois par semaine quand elle est en forme, gloussa-t-il. Bon, d'accord, toi, tu ne peux pas t'empêcher de l'adorer, mais moi, j'arrive pas à m'en sortir avec elle.

Finalement, il fut conclu que si sir Hubert Everleigh, directeur adjoint de la police criminelle, en était d'accord, Delphick garderait pour l'instant un œil vigilant et le sergent Ranger serait détaché, soi-disant en congé, à la division d'Ashford et posté à Plummergen, tandis que Miss Seeton serait engagée, si possible, pour voir ce qu'elle pourrait faire avec Conscience.

CHAPITRE II

Une poupée.

Le soleil de septembre miroitait sur la vitrine où elle se tenait assise, immobile, lointaine ; il brillait dans ses cheveux qui lui tombaient sur les épaules en une douce vague d'or fondu. Ses yeux étincelaient d'un bleu couleur de lac de montagne en été, voilés par des paupières mi-closes et de longs cils, tandis que son teint rivalisait avec le rouge délicat d'une nectarine mûre. Elle avait un nez petit et droit, sa bouche était un long arc de corail, la lèvre supérieure ourlée au-dessus de la courbe pleine et sensuelle de la lèvre inférieure. Modelé par un connaisseur, son menton affichait un soupçon de fossette. Sa silhouette était dissimulée sous le vert feuillage de la robe et le velours turquoise de la houppelande nouée par un ruban d'or autour du cou. Secrète et silencieuse, elle attirait le regard sans y prêter la moindre attention. Elle était délicieuse. Elle était le charme même, un charme lumineux, irrésistible. Une poupée.

Miss Seeton entra dans le magasin.

— Tu as vu ça, Eric ? siffla Mrs. Blaine.

— Vu quoi ?

Erica Nuttel, qui se tenait devant le guichet de la poste où elle était en train d'acheter des timbres, se retourna.

— Cette Seeton, dit Norah Blaine d'un ton épouvanté. Elle a acheté des épingles.

— Un bouton a peut-être lâché ?

— Non, pas des épingles de nourrice. Des épingles ordinaires. C'est vraiment bizarre.

— Pourquoi, ma cocotte ?

— Mais Eric, tu ne vois pas ? répliqua Mrs. Blaine d'un ton impatient. Elle a acheté cette poupée de la vitrine. Alors je me suis posé des questions. Qu'est-ce qu'elle peut bien vouloir faire avec ? Après tout, ce n'est pas comme si elle avait de la famille. Enfin, poursuivit-elle en pinçant les lèvres en signe de désapprobation, pas que nous sachions. Sauf la vieille Mrs. Bannet, qui n'était qu'une lointaine parente, et, à mon avis, c'est tout à fait regrettable qu'elle lui ait laissé son cottage, marraine ou pas.

Elle parcourut le bureau de poste, qui était aussi le magasin principal de Plummergen, d'un regard accusateur.

— Je ne comprends pas pourquoi Mr. Stillman expose ce genre de poupée en vitrine. Beaucoup trop élégante pour un petit village comme ici. Ça ne convient vraiment pas. Et beaucoup trop chère. J'ai trouvé ça bizarre mais, ajouta-t-elle en baissant la voix, tremblante d'indignation, les épingles expliquent tout. C'est absolument affreux.

— Je ne suis pas.

— Enfin, Eric, tu ne te souviens pas ? L'autre semaine, dans *Anyone*...

Du haut de sa longue carcasse anguleuse, le visage chevalin de Miss Nuttel acquiesça, en comprenant soudain l'allusion. Elle ne fut pas la seule à faire le lien. *Anyone* était très lu par les gens du village. Mrs. Flax, en pleine controverse avec Mrs. Stillman sur le sujet de savoir si on devait servir les bananes avec la sauce au curry ou à part, s'arrêta net. Même la conversation animée au comptoir des fromages, sur le dernier-né des Bulman et le fait qu'il ne ressemblait pas à Jack Bulman mais était le portrait craché de « qui vous savez », mourut. Le visage replet de Norah Blaine trembla d'émotion.

— ... cet article horrible sur la sorcellerie et les cultes sataniques. Il disait qu'il y a des endroits où on peut acheter des poupées avec des paquets d'épingles pour les y planter. Alors je te pose la question : quand quelqu'un comme ça achète une telle poupée, quelle autre explication pourrait-il y avoir ?

Vu le climat actuel d'inquiétude générale, l'explication sembla raisonnable, du moins pour deux dames se nourrissant avec gourmandise du malheur des autres et s'acharnant à exposer la vie du voisinage à tout un chacun, la valeur de leurs analyses tenant à l'intérêt qu'elles pouvaient susciter, plutôt qu'à la vérité qu'elles pouvaient contenir. Une avalanche d'articles alarmants étaient apparus dans la presse, informant le public d'une inquiétante recrudescence de magie noire et de sorcellerie. D'après les journaux, la démonologie gagnait du terrain. Les sciences occultes, aux effets aggravés par l'usage de stupéfiants, devenaient une menace. De plus en plus de gens plongeaient sous la surface des conventions quotidiennes et exploraient les ténèbres. La tendance, affirmait la presse, était mondiale. L'Unesco s'inquiétait de la situation en Allemagne. L'Australie se faisait du souci pour Sydney. A New York, les autorités voyaient avec angoisse les tentacules d'Obeha s'étendre à partir des quartiers noirs et hispaniques, pour descendre vers Sutton Place en passant par York Avenue et First Avenue. Ce culte terrible, continuait la presse, se propageait en Grande-Bretagne. Dans les régions isolées, les centres-villes, les banlieues et même dans les villages, nulle part on ne pouvait compter sur une totale immunité face à l'épidémie qui gagnait. Même à Plummergen, les habitants se sentaient menacés. A quelques kilomètres seulement, à l'église de Malebury dans le Sussex, on avait récemment découvert et dispersé une congrégation qui assistait à une messe noire. Des rumeurs couraient, bien que rien n'ait jusque-là pu être prouvé, sur le fait qu'il y avait au moins une congrégation de sorcières dans le Kent.

Mais pour s'étendre, toute rumeur a besoin de colporteurs, devoir dont s'acquittent généreusement Miss Nuttel et Mrs. Blaine, qui partagent une maison en face du garage, au centre de l'unique rue de Plummergen ; là, depuis leur baie vitrée dernier style, elles peuvent assurer une vigilance sans relâche et pleine de spéculations sur la vie locale et ainsi exposer leur interprétation personnelle du trafic qu'elles observent.

S'estimant personnellement irréprochables, elles se sont donné pour mission de détecter les myriades de défauts chez les autres, défauts contre lesquels leur langue va bon train. Strictement végétariennes, le fait qu'elles ne mangent pas de viande les rend plus proches, selon elles, des choses de l'esprit et du surnaturel.

Elles s'étaient emparées du phénomène de la peur des sorcières comme d'un défi à leurs propres pouvoirs et avaient amorcé un mouvement d'opposition dans un élan fougueux et spirituel, avec force esprits frappeurs, planchettes, lecture au fond des tasses de thé, chiromancie et tarots. Cet engouement faisait fureur dans le village et les tables tressautaient dans nombre de cottages. Parmi les livres proposés à la poste, *Maîtrisez la métaphysique en 30 minutes* arrivait en tête des ventes.

Dans le monde plus vaste des affaires, des hommes entreprenants avaient compris le parti qu'ils pouvaient tirer de la situation. Articles pour le vaudou, sang de dragon et de chauve-souris, poussière recueillie dans des cimetières, onguents pour léviter et poupées de cire envahissaient le marché : c'était devenu une industrie très lucrative. Il était véridique — comme l'avait souligné la presse — que dans certains magasins on pouvait acheter les poupées avec un paquet d'épingles. Il ne restait plus qu'à habiller la poupée pour qu'elle ressemble à l'ennemi et à y planter les épingles. Le jeteur de sort pouvait alors se délecter, dans un élan de foi exalté, à l'idée que sa victime endurait des souffrances infinies à chaque épingle, voire, si le bourreau était suffisamment compétent, mourait dans d'atroces douleurs.

Dans certains magasins ? De la sorcellerie dans le Kent ? Aucun village épargné ? L'article de *Anyone* et les avertissements de la presse clignotaient dans l'esprit de Miss Nuttel.

— Je vois ce que tu veux dire, ma cocotte, mais...

Une vraie sorcière, dans un village aussi petit que Plummergen ? Le mauvais œil, des rites sataniques, des orgies ! Elle en était toute remuée.

— C'est terrible, fit-elle, sa curiosité éveillée, mais quand on pense que...

Elle s'interrompit et réfléchit.

— ... quand on pense à tout ce qui arrive quand cette Seeton est dans les parages... des meurtres, des cambriolages et Dieu sait quoi...

— Et rien ne lui arrive jamais à elle ! jeta Mrs. Blaine.

— Tu l'as dit !

L'enthousiasme de Mrs. Blaine monta d'un cran.

— Et puis regarde comment elle a ensorcelé la police.

— Ça m'ennuie d'avoir à dire ça, ma cocotte...

La plupart des clients de la poste, qui s'étaient rassemblés autour des deux dames pour ne rien manquer des nouvelles de la dernière édition de la feuille à scandale de Plummergen, retinrent leur souffle, alors que Miss Nuttel s'apprêtait à prononcer son jugement.

— ... et je ne le dirais à personne d'autre que toi, mais tu as peut-être raison. Cela explique bien des choses.

— Et quand on pense, gémit Norah Blaine, que ça se passe justement ici. C'est absolument affreux ! Quelqu'un devrait faire quelque chose.

Mrs. Flax, qui tenait une banane, la brandit pour souligner ses paroles.

— Vous avez tout à fait raison, ma chère !

Ce soutien n'était pas dénué d'un certain parti pris. Mrs. Flax fait la toilette des morts au village et son commerce avec les esprits défunts lui confère un certain statut. On la considère avec une crainte révérencielle. Ses connaissances sur les herbes médicinales ajoutent à la réputation dont elle jouit et on la tient désormais comme la femme la plus avisée du village, que l'on consulte en premier lieu aussi bien qu'en dernier recours, le docteur n'étant qu'un intermédiaire.

De la part de cette étrangère nouvellement arrivée au village, se faire passer pour une sorcière, c'était plutôt arrogant, et on n'allait pas le tolérer. Elle avait besoin d'une bonne leçon.

— Moi...

Elle regarda l'assemblée d'un œil sournois.

— ... je pourrais vous raconter deux ou trois choses sur ce qui se passe et dont il vaudrait mieux pas parler. Qu'est-ce qu'il lui est arrivé, à la vache de Ted Mulcker ? Elle s'est cassé le cou en tombant dans le fossé hier matin, qu'ils disent. Mais c'est des bobards. Si elle s'est cassé le cou, pourquoi elle a été éventrée et étripée, avec du sang partout ?

Une vache ? Hier ? Ça, c'était nouveau. Du direct. L'intérêt général se ranima. Et puis la mère Flax, elle devait être au courant. Son fils travaillait pour Ted Mulcker.

— Ouais, fit Mrs. Flax, qui se délectait. Éventrée vivante et du sang partout. C'est un sacrifice, oui, et que personne dise le contraire !

Tous la pressèrent de questions. Mrs. Flax se souvint trop tard qu'elle avait juré de ne rien dire. Son fils la battrait comme plâtre s'il apprenait qu'elle avait bavassé. Elle prit un air vertueux.

— Je peux rien dire. J'ai promis. Mais y a une chose que je peux affirmer. Si elle a fait ça — et je nomme personne —, y a pas de limite à ce qu'elle peut faire. On est pas en sécurité. Aucun d'entre nous. Je me dis qu'on pourrait bien tous se retrouver assassinés dans notre lit. C'est tout ce que je sais.

Ses auditeurs frissonnèrent dans un élan de solidarité récriminatrice.

— Après tout, c'est qu'une étrangère. Elle est de Londres, ou quelque chose comme ça.

— Parfaitement ! lança Mrs. Blaine. Elle ne serait jamais venue ici si elle n'avait pas hérité de ce cottage. Et on ne sait rien de la vie qu'elle menait à

Londres. En fait, on sait quasiment rien sur elle, ce qui signifie qu'il doit y avoir quelque chose de louche.

— Je ne vois pas comment vous pouvez dire cela ! protesta Mrs. Stillman derrière son comptoir. Je trouve que Miss Seeton est formidable. Regardez comment elle a aidé la police, et nous tous par la même occasion, quand on a eu des problèmes.

Le groupe se retourna, surpris. Certains hésitèrent. Mrs. Stillman était là pour servir, pas pour faire de l'obstruction. Les scandales fleurissent avec des encouragements, non des contradictions.

— Des problèmes ! répéta Mrs. Blaine. C'est exactement ce dont je parle. Et qui en est l'origine ? Depuis qu'elle vient ici, on n'a eu que des ennuis, l'un après l'autre. Et vous remarquerez qu'aucun ne la concernait. Comment expliquez-vous le phénomène, s'il n'y a rien de bizarre dans tout ça ?

Mrs. Blaine lança un regard triomphant autour d'elle, puis elle écarquilla soudain les yeux.

On se retourna pour suivre son regard. Toute à son imagination bouillonnante, Mrs. Blaine, ainsi que son auditoire, franchit d'un pas la route qui mène des frissons d'une lubie au bord du délire. Terrorisé, chacun crut voir, au pied de l'étalage central, un groupe de nains de jardin le lorgnant d'un air mauvais. Au-dessus des nains était accroché un rouleau de corde. On ligotait les sorcières avec avant de les noyer... on les ligotait avec avant de les brûler. On les pendait à une corde. Sur l'étagère, à côté, s'alignait une rangée de boîtes pour animaux, avec leur logo : un chat noir. Les chats noirs... l'emblème des sorcières. Un entassement de balais dans un coin attira l'attention de Mrs. Blaine, les autres suivirent son regard. Elle retint son souffle. Ils l'imitèrent. Les balais de bruyère prenaient un aspect tout autre, malfaisant, leur humble tâche redéfinie, pour balayer le ciel au lieu des feuilles mortes. Des poupées ? Des épingles ? Des chats noirs et des balais de sorcière ? Tout l'attirail de la sorcellerie réuni dans leur bureau de poste ? Les avait-on trompés ? Étaient-ils tous sans le savoir au centre d'une toile d'araignée ? Ne s'adonnait-on pas à des pratiques vicieuses derrière les portes closes ? Les voisins apparemment inoffensifs l'étaient-ils vraiment ?

— Nous aurions dû nous en douter plus tôt, déclara Mrs. Blaine. Vous ne voyez donc pas que cela veut dire qu'une sorcière — une vraie — vit ici, parmi nous ?

Le magasin sembla soudain plus froid. Un frisson parcourut l'assemblée.

— Et cela ne sert à rien d'aller voir la police, continua Mrs. Blaine. Ils se feraient avoir par la femme Seeton comme d'habitude. Que peut-on faire ? demanda-t-elle, implorante, à son auditoire.

— Lui dire de partir !

— Demander au pasteur !

— A quoi ça servirait ? renifla Miss Nuttel.

— Nous savons tous qu'elle a mis le vieil Arthur Treeves dans sa poche, répliqua Mrs. Blaine. Et sa sœur ne vaut guère mieux. Non. Nous devons nous débrouiller seuls.

Elle eut soudain une inspiration.

— Je sais ! Cet homme, à la réunion de Conscience à Tonbridge, la semaine dernière, un merveilleux orateur... C'est lui qu'il nous faut. Il a parlé de Satan et c'était absolument clair. Il a dit que nous devions combattre le mal où qu'il soit, mais que pour bien le combattre il faut comprendre. Je me souviens qu'il a dit que nous devions nous élever et lutter sur d'autres plans.

— D'autres planètes, ma cocotte, la corrigea Miss Nuttel.

— Je ne vois pas la différence, répliqua son amie, l'air pincé. Ça revient au même. Mais il est tellement beau et impressionnant, et puis je pense qu'il a raison. Il a même parlé de sorcellerie, c'était juste après cette histoire à l'église de Malebury, et il a dit que c'était comme un marécage qui engloutissait les gens et les entraînait vers la damnation et que c'était ni plus ni moins qu'un autre symptôme de la fin du monde. C'est exactement le genre de personne qui pourrait nous aider. C'est cher, mais je crois que ça vaudrait la peine. Je pense, ajouta-t-elle, qu'il est plus sûr... d'être en sécurité. Oui, je crois vraiment que nous devrions y adhérer, Eric.

La vieille Miss Wicks était bouleversée. Elle avait écouté, chagrine, ce qui se disait sur cette charmante Miss Seeton, et, fascinée par le sujet, demeurait incapable de s'arracher à la conversation. La sorcellerie paraissait si réelle dans les journaux, et tellement menaçante, que, pour la première fois, elle se sentait nerveuse de rester seule la nuit dans sa petite maison. Mais Conscience... c'était une espèce de nouvelle religion fantaisiste. Qu'allait en dire le pasteur ? Sous l'effet de l'indignation, ses disgracieuses dents de devant avançaient encore plus que d'habitude, ce qui la faisait siffler davantage. Miss Wicks était scandalisée.

— Scandaleux ! siffla-t-elle.

Mais Mrs. Blaine balaya cette objection.

— Il y a bientôt une autre réunion de Conscience à Maidstone. On doit y aller, Eric. Je crois que nous devrions tous y aller, dit-elle à la cantonade. Nous... nous devrions nous serrer les coudes, autrement, n'importe quoi peut arriver, des orgies, que sais-je encore !

Le souffle court, elle se retourna vers le receveur.

— Je crois que je vais prendre une autre boîte de cette soupe à la tomate, aux raisins et aux noix.

Suivant l'exemple courageux de son leader, Mrs. Flax se dirigea vers Mrs. Stillman, et posa violemment sa banane dont la peau éclata sur le comptoir.

— Vous pouvez garder ça. Le curry, lança-t-elle d'un ton pincé, c'est un truc de barbares. J'en voudrais pour rien au monde ! Donnez-moi du concentré de bouillon, deux paquets de légumes congelés et deux boîtes de carottes. Je vais faire un ragoût, c'est plus sain... et plus sûr.

Elle jeta un regard accusateur à la receveuse qui avait pris le parti de la sorcière étrangère. La crainte du surnaturel semblait avoir aiguisé les appétits. Après s'être fait peur plus que de raison, chacun se mit à commander plus que ses provisions habituelles, dans l'espoir, peut-être, qu'un excès de normalité inciterait à un retour à la norme.

Ignorant les remous qu'elle provoquait, Miss Seeton rentrait chez elle. Depuis le seuil de la poste, elle pouvait apercevoir son cottage au bout de la Rue. A chaque fois, elle en ressentait un élan de plaisir et de gratitude : plaisir de se retrouver soudain propriétaire d'une charmante maison, et gratitude à la mémoire de sa marraine, qui avait fait d'elle sa légataire. Bien qu'individuel, avec son petit jardin devant, le cottage est bordé de chaque côté par une courte rangée de maisons qui donnent sur la Rue, prêtant ainsi à Plummergen une allure de cul-de-sac. En fait, il y a deux issues : le chemin étroit qui court le long du mur de brique délimitant le jardin de Miss Seeton, et Marsh Road, un virage à angle droit invisible de loin à cause des arbres du jardin de la boulangerie. Marsh Road mène à la ville de Brettenden au nord, en contournant le marais, et le panneau indiquant Rye semble avoir été placé là dans le seul but d'induire en erreur l'imprudent qui se serait aventuré sur la route. Marsh Road est une route : elle est suffisamment large pour que deux voitures se croisent à condition de conduire prudemment. Le chemin n'est qu'un chemin, suffisamment étroit pour que l'on recommande la prudence à tout chauffeur de camion qui souhaite passer sans anicroche. C'est pourtant la voie que tout le monde emprunte, tel un petit vaisseau reliant deux artères principales ; un lien entre Londres et Maidstone via Brettenden, qui, une fois enjambé le pont au-dessus du Royal Military Canal, devient l'une des routes principales vers l'aéroport de Lydd et le littoral.

Le grand jardin à l'arrière de la maison aurait été une charge pour Miss Seeton, si elle n'avait hérité, avec le cottage, de l'arrangement conclu entre sa marraine et l'ouvrier agricole né au pays et sa femme née à Londres. Stan Bloomer s'occupe donc du jardin lors de ses loisirs et produit des légumes et des fruits pour Miss Seeton, pour sa propre famille et pour les marchés. Il s'occupe aussi des poulets des deux poulaillers au fond du jardin, selon le même principe. Sa femme, Martha, vient deux matinées par semaine faire le ménage, la cuisine et tout ce qu'elle estime nécessaire, pour un salaire insignifiant. Une chose, cependant, dont Miss Seeton n'avait pas hérité, c'était des ressources nécessaires à l'entretien de cette propriété. La vieille Mrs. Bannet lui avait laissé tout ce qu'elle possédait, mais une fois réglés les droits de succession et avec le coût élevé de la vie, le maigre revenu qu'il lui restait, même ajouté à sa pension, laissait Miss Seeton dans une position financière précaire.

Miss Seeton avait eu la chance, ou la malchance, selon le point de vue, de voir son arrivée dans le village — pour prendre possession de son héritage et faire le point sur sa situation — entourée des feux de la publicité. On n'a pas réussi à démêler qui, du destin ou de Miss Seeton, est responsable de sa propension à intervenir dans des événements fâcheux. Être témoin d'un meurtre à Londres, voilà un événement dont on pouvait difficilement lui tenir rigueur, mais planter son parapluie dans le dos du meurtrier en pleine action, dans l'effort louable de corriger ses manières, fut un geste qui la livra aux critiques, lequel geste la fit par ailleurs remarquer de Scotland Yard.

Son expérience en tant que professeur de dessin lui avait permis d'établir un portrait ressemblant du meurtrier. Le commissaire Delphick avait estimé certains de ses croquis très utiles, car parfois, et inconsciemment, Miss Seeton couchait sur papier ses intuitions relatives aux personnes concernées. Plus tard, avec la permission du directeur adjoint, le commissaire l'avait employée sur une autre affaire. L'expérience s'était révélée fructueuse. Miss Seeton ignorait et ne comprendrait jamais la vraie raison pour laquelle la police la trouvait utile. Elle savait qu'on employait souvent des artistes quand on ne pouvait trouver de photographes ou s'ils ne pouvaient réaliser ce qu'on leur demandait. Si bien que lorsqu'elle y songeait, elle se voyait comme une dessinatrice occasionnelle de portraits-robots, sans réaliser qu'on ne faisait pas appel à un artiste pour un portrait-robot. Les chèques que la police lui avait remis pour divers croquis avaient temporairement amélioré sa situation financière, et elle s'était sentie autorisée à acheter la poupée, bien que ce fût une folie.

Le général de division sir George Colveden, baronnet, chevalier commandeur de l'ordre du Bain, décoré de l'ordre du Mérite et juge de paix, s'était retrouvé involontairement parachuté, grâce à son aide et à son inlassable intérêt pour les affaires locales, dans le rôle suranné de seigneur du village. Sa femme et lui avaient pris Miss Seeton sous leur aile protectrice lors des difficultés qui avaient accompagné son arrivée à Plummergen — les conséquences du meurtre à Londres l'ayant poursuivie jusque dans le Kent — et ils avaient réussi à mobiliser presque tout le village avant que l'affaire soit finalement élucidée.

Sensible à la gentillesse de sir George et de lady Colveden, Miss Seeton s'était sentie désolée de ne rien pouvoir faire en échange. Quelques jours auparavant, elle avait été invitée à prendre le thé et avait fait connaissance avec leur fille mariée et sa propre enfant. Miss Seeton les avait trouvées toutes deux charmantes et avait été très touchée lorsque, le lendemain matin, la petite fille, Janie, était venue chez elle avec un bouquet de fleurs qu'elle avait cueillies « pour ses images ». La mère et la fille retournaient à Londres cet après-midi, après une brève visite, et non seulement la poupée — cadeau d'adieu — ne pourrait pas être refusée, mais, Miss Seeton l'espérait, elle ferait plaisir. Elle mit la boîte emballée dans du papier cadeau sous son autre bras pour être plus à l'aise.

— S'cusez-moi, m'selle.

Miss Seeton se retourna. Un petit garçon agréablement crasseux la dévisageait, le regard grave.

— Ma conscience, elle est coincée dans l'arbre.

— Ta quoi ?...

Le regard de Miss Seeton suivit ce que lui désignait le doigt pointé et vit, sur une branche, hors d'atteinte... un ballon, d'après ce qu'elle pouvait voir, constitué de quatre saucisses rouges et boursouflées attachées à une grosse boule, avec une plus petite en guise de tête. Cela ressemblait au bonhomme qui faisait de la publicité pour les pneus Michelin. Certainement un astronaute, se dit Miss Seeton. Elle leva son parapluie et poussa doucement l'objet. Avec précaution, elle le libéra de la branche, et l'enfant tira sur la ficelle. Le parapluie de Miss Seeton avait un embout pointu. Il y eut un bruit sec et le corps disparut ; ses appendices commencèrent à se ratatiner, répondant ainsi métaphoriquement au vœu pieux de l'inspecteur principal Brinton : que Miss Seeton plante son parapluie dans Conscience et fasse éclater l'affaire.

— Oh, mon Dieu ! s'exclama Miss Seeton.

— Ça fait rien, j'en ai un autre, dit le garçonnet.

Il sortit de sa poche un morceau de caoutchouc rouge tout froissé. Il le porta à sa bouche et souffla dedans. Un nouvel astronaute se déploya. Le garçon y mit un embout, défit la ficelle du cadavre et l'attacha au ballon n° 2. Il le lui tendit.

— Mettez-y un coup de pébroc, ça fait un bruit super ! s'écria-t-il.

— Ne dis pas de sottise, répliqua Miss Seeton. Tu n'aurais plus de ballon.

— Si, d'abord ! J'en ai encore trois.

Il fouilla dans sa poche et les lui montra.

— Vous voyez, ma mère, elle est à Conscience. Elle les a eus à une réunion. Ils les donnent gratis si vous leur filez assez de fric pour en faire partie. C'est de la pub.

— Je crois quand même que tu devrais les faire

durer le plus longtemps possible, autrement ta maman ne sera pas contente. Et puis...

Miss Seeton fronça les sourcils.

— Qu'est-ce que tu racontes ? Ta maman ne peut pas être « à conscience » !

— Mais c'est vrai ! insista l'enfant. Mon père, il est dingue ! Il travaille aux chemins de fer, et il fait des heures sup'à la ferme, pour les récoltes et tout, et ma mère elle fait les champs, les patates et les haricots, quoi, pour acheter une voiture. Et puis ma mère elle a tout chipé et l'a donné à cette Conscience et mon père il s'est tellement mis en colère que je me suis dit qu'il allait lui casser la gueule.

A ce souvenir, ses yeux se mirent à lancer des éclairs.

— Et pis il est pour l'Église, et c'est pas son truc, la Conscience.

Miss Seeton abandonna la discussion. Il était évident qu'elle n'avait pas vraiment tout saisi. Ce devait être le dialecte du Kent. Il était si étrange pour quelqu'un qui n'était pas de la région. Elle sourit, hocha la tête et poursuivit son chemin.

CHAPITRE III

— C'est le drame !

Mais cette bombe, à l'heure du petit déjeuner, n'explosa pas.

— Je dis : c'est le drame ! répéta lady Colveden.

Elle posa la lettre et reprit du beurre. Son fils porta à sa bouche un peu d'œuf en équilibre sur un morceau de saucisse.

— C'est quoi, le drame ? demanda-t-il en mastiquant.

— Tantâne, répondit sa mère.

Nigel poussa son assiette de côté et tendit la main vers le porte-toasts.

— Morte ? demanda-t-il, plein d'espoir.

— Ne sois pas sans cœur, le réprimanda sa mère.

L'honnêteté la força cependant à ajouter que « ce serait bien ». Nigel tartina son toast.

— Alors, qu'est-ce qu'elle a fait ?

— Elle arrive.

Bien qu'avec un temps de retard, l'explosion ne perdit rien en violence. Nigel s'étrangla, tandis que le journal qui faisait face à lady Colveden s'abaissait avec un bruit de craquement.

— Non, fit sir George.

— Si, George, dit lady Colveden en tapotant la lettre. Elle vient séjourner ici.

— Repousse à plus tard.

— Je ne peux pas. Je n'ai pas le temps. Elle arrive cet après-midi.

— Dis-lui qu'on ne peut pas.

— Ne sois pas idiot, George. Comment le pourrais-je ? Et même si je le pouvais, cela ne ferait aucune différence. Tu sais qu'elle n'écoute jamais, sauf quand ça l'arrange.

— Ou que ça dérange les autres, intervint Nigel.

— Et de toute façon, conclut lady Colveden avec une irréfutable logique, c'est ta cousine, George, pas la mienne.

Nigel plongea sa cuillère dans la marmelade.

— Et le jeune délinquant ?

— Nigel, je t'ai déjà dit de ne pas parler ainsi de ton cousin.

— Cousin issu de germains, deux fois embarqué... par la police.

— D'ailleurs, Basil n'est pas un délinquant. Quand on a une mère aussi riche que Tantâne, on est un inadapté et on va dans une école spécialisée.

— Spécialisée en quoi ?

— Comment le saurais-je ? Je suppose que c'est une école où on peut se spécialiser dans des tas de choses. Après tout, fit-elle remarquer avec logique, j'imagine que même les criminels doivent recevoir une formation quelque part.

— Pourquoi ? demanda sir George en tendant sa tasse.

— Pourquoi ? répéta sa femme. Parce que... eh bien... Ah ! j'ai compris. Pourquoi Tantâne ? Il vaut mieux que tu entendes le pire, dit-elle en prenant la lettre. « Chère Margaret... » Personne en dehors de

Tantâne ne m'appelle Margaret. Oh, non ! Ce ne sont que des plaintes au sujet des domestiques...

Elle laissa tomber la première page.

— « Je n'arrive pas à comprendre... » Elle se plaint d'un comité ou quelque chose comme ça. Ah ! nous y voilà. « Depuis qu'il a quitté l'école, Basil a trouvé un métier merveilleux, avec des gens merveilleux, ce qui démontre combien George a toujours eu tort à son sujet. Il a obtenu LA FOI... » Je crois qu'elle veut dire que Basil a la foi. Et c'est écrit en capitales. « ... et moi aussi. Ma vie a complètement changé. Je suis une nouvelle femme. »

— Ça ne m'en a pas l'air, dit sir George en prenant sa tasse remplie des mains de Nigel.

— Certes, approuva-t-elle, mais si le changement est tout récent, on ne peut pas encore voir la différence. « Avant d'avoir accepté la Liberté et saisi l'Infini, je n'avais pas vraiment vécu. Ce monde va bientôt s'achever, mais nous, à Conscience, nous continuerons à porter la Flamme au-delà. Je vous en parlerai mieux lorsque je vous verrai... »

— Mieux ? Souhaitons-le ! dit Nigel.

— « Basil est devenu Trompettiste — n'est-ce pas merveilleux ? — et très bien payé. Nous avons eu une merveilleuse réunion à Tonbridge et, la semaine prochaine, nous aurons la dernière à Maidstone, après quoi ils nous révéleront notre Lieu Secret. »

— Cette femme est folle, dit sir George.

Lady Colveden parcourut rapidement la suite de l'épanchement épistolaire.

— Elle dit qu'elle arrivera cet après-midi et restera quelques jours pour aller à cette réunion, que nous devons y aller et que c'est merveilleux et qu'elle ne regrette pas son argent. « Mais Basil restera avec les... », cela ressemble à Majordomes, mais ce n'est pas possible... « parce que certaines personnes... », elle parle de toi, George, « sont si déraisonnables. »

— Moi aussi, dit Nigel, je suis déraisonnable. Papa l'a juste fichu dehors. Moi, je l'ai fichu dans la mare et je n'avais que neuf ans. C'est quoi, cette réunion ?

— Il s'agit probablement d'un concert religieux, si Basil joue de la trompette, répondit sa mère au jugé.

— Eh bien, ne compte pas sur moi, fit Nigel. Tantâne, c'est déjà dur, Basil, encore pire, mais la trompette, c'est le bouquet.

— Tiens ! en parlant de bouquet, y a-t-il de la paille ou des copeaux, dans la grange ?

— Probablement. Tu veux en faire quoi ?

— Un emballage. Je dois envoyer cette poupée absolument adorable que Miss Seeton a laissée pour Janie. Quel dommage qu'elle n'ait pas pu la lui donner elle-même ! Elle n'aurait pas dû faire cette folie. Un peu d'argent lui serait pourtant bien utile, dit lady Colveden d'un ton gai. J'ai parlé avec les responsables de l'école et nous avons tous été d'accord.

— Sur quoi, ma chère ? demanda sir George en pliant son journal.

— Mr. Jessyp m'en a parlé la dernière fois. Il dit que c'est très bien d'être directeur, mais avec seulement un professeur — et qui prend toujours sur ses heures pour rendre visite à une mère malade, une tante, un cousin ou un autre —, il tient davantage du gratte-papier et du plongeur. Il voulait savoir si le comité verrait une objection à ce qu'il demande à Miss Seeton de venir enseigner à temps partiel dans son école.

— Au moins, nos chers bambins apprendraient quelque chose, dit Nigel.

— Pourquoi pas ? répliqua sa mère. Après tout, les problèmes font partie intégrante de la vie et on ne peut pas nier que Miss Seeton soit une experte en la matière. Les catastrophes la suivent à la trace, en remuant la queue comme de jeunes chiots. Elle n'a qu'à leur donner une petite tape sur la tête pour résoudre les problèmes, sans même s'imaginer qu'il ait pu y en avoir, et elle s'en sort en souriant. Quelle meilleure éducation leur donner ? C'est dommage que l'État n'ait pas fait appel à elle pour négocier lors de la grève, hier. Elle s'en serait sortie en brandissant son parapluie, et Julia et Janie n'auraient pas été obligées de rentrer si tôt. Je crois que Miss Seeton devrait faire de la politique. Ils sont toujours en crise. Elle résoudrait tout en un clin d'œil, avec un peu de bon sens.

Sir George se retourna sur le seuil de la porte.

— Le bon sens et la politique ne vont pas de pair, ma chère.

Pour Miss Seeton aussi, il y avait quelque raison d'avoir des craintes au courrier du matin.

Vraiment ! Quelle gentillesse ! Et bien entendu, dans un sens, cela était flatteur, du moins le supposait-elle. Si elle était d'accord. Pour enseigner.

Miss Seeton posa le rideau dont elle était en train de faire l'ourlet, repoussa la boîte d'épingles, par sécurité, et relut la lettre :

L'École
Plummergen, Kent

Vendredi 26 septembre

Miss Emily D. Seeton
Sweetbriars, Plummergen, Kent

Chère Miss Seeton,

Suite à notre entretien de l'autre jour, je me suis demandé si vous accepteriez de travailler à notre école de temps en temps, comme professeur remplaçant à temps partiel — aucune tâche lourde à remplir et seulement lorsque vous en auriez envie.

Je pense à une occasion qui se présente. Miss Maynard a dû aller voir sa mère qui est malade et ne sera pas de retour avant lundi soir. Si vous pouviez prendre sa classe lundi, je vous en serais extrêmement reconnaissant. Le travail est déjà planifié, si bien qu'il s'agit d'à peine plus qu'une surveillance. Nous avons prévu une excursion la semaine prochaine, pour que les enfants puissent passer une journée au bord de la mer. Si vous vouliez bien les accompagner, j'ai pensé que cela pourrait être combiné avec un projet artistique, un concours de la meilleure peinture d'un site quelconque, que, bien entendu, vous choisiriez vous-même. Le salaire serait naturellement celui des professeurs remplaçants, qui est, comme vous le savez déjà certainement, tout à fait raisonnable.

Je vous remercie de me faire connaître votre décision.

Sincèrement,
Martin C. Jessyp

Ainsi c'est ce que Mr. Jessyp avait en tête lorsqu'il l'avait accostée dans la Rue pour se présenter. Maintenant qu'elle y repensait, elle se souvenait qu'il avait particulièrement insisté pour savoir si elle avait suivi une formation. Et de fait, elle en avait suivi une. Mrs. Benn, qui s'était toujours montrée si sérieuse en tant que directrice, le lui avait particulièrement recommandé. Mais bien qu'elle ait obtenu le diplôme et qu'à plusieurs reprises elle ait pris à sa charge des classes d'autres professeurs à la petite école à Londres, elle ne pouvait malheureusement pas dire que c'était son fort. Dessiner, mon Dieu, ça, elle savait, du moins l'espérait-elle. Elle avait peut-être certaines notions d'histoire. Mais la géographie... et, pire, les mathématiques !... Il était difficile de croire que les enfants pouvaient tirer un bénéfice quelconque d'une leçon dont le professeur ne connaîtrait absolument rien au sujet.

Mais l'enseignement... Si elle était honnête avec elle-même, elle devait reconnaître qu'elle avait ressenti un certain soulagement, quand elle avait pris sa retraite, de ne plus devoir enseigner à des enfants qui, pour la plupart — et c'était tout à fait compréhensible —, n'avaient aucun désir d'apprendre. Malgré tout, en la circonstance, elle pouvait difficilement refuser. Après tout, cela ne se produirait pas souvent et il ne fallait pas se leurrer, l'argent serait le bienvenu. Voyons. Lundi ? Cela lui laissait très peu de temps. Il lui fallait donner sa réponse ce soir. Tant qu'il n'était pas question de mathématiques...

Miss Seeton prit la deuxième des trois lettres qu'elle avait reçues. L'enveloppe était écrite à la machine et adressée à « Miss S, Sweetbriars, Plummergen, Kent ». Elle sourit en lisant son nom de code. Ce devait être Scotland Yard. Mais ce n'était sûrement pas un chèque. Ils ne lui devaient rien. C'était vraiment étrange. Elle savait que le commissaire Delphick aurait écrit « Miss Seeton ». Non, pour être exact — le commissaire faisait toujours attention à ce genre de choses —, il aurait certainement écrit son nom en entier avec l'initiale du prénom. C'était décidément curieux. Cela lui posait un réel problème d'imaginer ce que quelqu'un de Scotland Yard pouvait bien lui écrire. Elle le résolut finalement en déchirant l'enveloppe dont elle sortit le contenu, qu'elle lut avec un étonnement et une consternation croissants. C'était vraiment très aimable de la part de sir Hubert. Très attentionné. Mais non. Il n'en était absolument pas question. Ce serait complètement déplacé. Enfin, pour elle. Et particulièrement à son âge. Elle était tout à fait d'accord, comme le savait le commissaire Delphick, pour dessiner de temps en temps des portraits-robots. Elle leur en avait été vraiment très reconnaissante, et la police s'était montrée plus que généreuse, mais ça !... Elle relut la lettre. Entrer dans la police ? Non, vraiment. Ce n'était pas possible. Elle n'avait ni les connaissances ni l'expérience pour un tel travail. Comme la vie était étrange : on lui proposait deux emplois dans la même journée. Dans sa lettre, sir Hubert lui rappelait leur rencontre lorsqu'elle était venue à Scotland Yard et lui présentait ses excuses pour ce surnom ridicule que l'ordinateur du Yard lui avait octroyé. Ce monstre avait apparemment ses petites manies et, parmi elles, une aversion puérile à la correction, si bien que pour éviter les crises de rage et pour maintenir le système de classement en ordre, il était plus simple de continuer à utiliser Miss S, si elle n'y voyait pas d'inconvénient. Ainsi, c'était ça, la raison ! Naturellement, maintenant, elle comprenait. C'était comme à sa banque à Brettenden quand ils s'étaient mis sous — ou sur ? — ordinateur. Sir Hubert la pressait aussi de ne pas répondre tout de suite à son courrier mais de prendre le temps d'y réfléchir. Le sergent Ranger, l'informait-il, était en congé et allait rendre visite à des amis à Plummergen. Le sergent profiterait de l'occasion pour passer la voir, avec sa permission, et parler avec elle de la proposition.

Le sergent... ce jeune homme était un véritable

colosse et, elle le savait, on pouvait compter sur lui. Les amis étaient bien entendu le Dr Knight et sa famille. Le sergent et Anne, bien que lui soit si grand et elle si petite, étaient, Miss Seeton le sentait instinctivement, très bien assortis. C'était un réel plaisir lorsque deux jeunes gens qui allaient si bien ensemble se reconnaissaient l'un l'autre. Miss Seeton poussa un soupir de satisfaction.

La troisième missive était un prospectus, avec pour titre : COUPURES DE PRESSE, et en majuscules agressives SAVEZ-VOUS CE QU'ON DIT DE VOUS ? Voyons, il devait y avoir une erreur. Elle regarda de nouveau l'enveloppe. Oui, il y avait bien son nom et son adresse, mais... Elle se mit à lire la lettre accompagnatrice :

> Chère Madame,
>
> Étant une personne constamment en vue, ne seriez-vous pas avisée de profiter de notre Service de Coupures de Presse ? Nous ne pouvons tous, hélas, prétendre à des louanges universelles, mais ne vaut-il pas mieux connaître le pire aussi bien que le meilleur ?...

Bonté divine ! En vue ? Il ne s'agissait certainement pas d'elle. Avec une satisfaction mal fondée, Miss Seeton se dit qu'elle n'avait jamais été en vue. Et elle n'avait pas l'intention de l'être. Ce serait tout à fait inconvenant.

Beaucoup de gens ont l'heureuse faculté mentale d'éluder ce qui ne leur convient pas. Miss Seeton a cette capacité d'écarter de son esprit les événements qui ne sont pas conformes à sa conception de la vie d'une dame. D'après ses critères, une dame ne se retrouve pas mêlée à des situations bizarres. Donc, elle non plus. Miss Seeton est cependant la seule à penser ainsi. Les gens du village la considèrent, selon les cas, comme une héroïne, une criminelle ou une douce créature qui fait de son mieux pour éviter les obstacles qui parsèment son chemin, ou bien une harpie qui, brandissant un parapluie meurtrier, ne cesse d'aller au-devant des problèmes. Il est indéniable que, depuis son arrivée au village, les problèmes ont eu la part belle. Sur ses manchettes, la presse l'a surnommée « LE PÉBROC VENGEUR », bien que, dans sa vie retirée, elle en soit heureusement inconsciente. Pourtant le crime l'a suivie de Londres jusque dans le Kent, et elle a aussi déterré des crimes, à moins qu'elle n'ait trébuché dessus, chez les autochtones, dans le Kent même. De cela aussi, elle est inconsciente. Le crime ne l'intéresse aucunement, et elle trouve toujours les meilleures motivations aux personnes qu'elle croise. C'est en partie la faute de la police si sa réputation a continué à grandir. Sollicitée par le commissaire Delphick pour faire un croquis dans une affaire qui le préoccupait, elle en réalisa plusieurs avant la fin de l'histoire et fut mêlée aux soubresauts d'une incroyable chasse au crime qui s'acheva avec son nom en première page des journaux, bien qu'elle ne voulût reconnaître ni leurs gros titres, ni les crimes, et encore moins les soubresauts. Même contrainte par les circonstances à admettre la singularité de certaines situations fâcheuses où elle se retrouve, elle est capable de rejeter cette singularité, comme un accident qui aurait pu arriver à n'importe qui. Dans de telles situations, elle considère que seul le comportement individuel compte et qu'il est important de garder une attitude normale et correcte. Le fait que l'attitude normale et correcte de Miss Seeton lors de situations étranges conduise en général au chaos est regrettable et elle a toujours répugné à voir en ces evénements curieux une conséquence de cause à effet. Le faire équivaudrait à reconnaître un motif d'étrangeté et, cela, dans la vie d'une dame, ne serait pas normal, et certainement pas correct du tout. Pour ceux qui l'entourent, la question persiste donc : est-elle en toute innocence ballottée par les flots, ou sème-t-elle la tempête ?

Miss Seeton se leva pour se rendre dans la cuisine. Elle avait promis à Martha de surveiller le sac de gelée. La ficelle et le sac étaient supposés se détendre durant la première heure après avoir été suspendus et devaient être retendus et raccourcis. Oui. Martha avait raison. Le sac était plus bas. Il touchait presque la bassine. Elle se dirigea vers la fenêtre, jeta l'offre du service de presse sur l'égouttoir et tira la ficelle attachée à l'antique crochet à viande fixé dans la poutre au-dessus de l'évier. Mon Dieu, que c'était lourd ! et d'une belle couleur, d'un merveilleux rouge lie-de-vin, songea-t-elle en regardant le liquide dans la bassine. Elle avait toujours cru que la gelée de mûre était presque noire, mais Martha disait que c'était seulement quand elle avait trop cuit. Miss Seeton réussit à rattacher le sac plus haut et recula pour admirer le résultat. Il était beaucoup plus grand qu'elle ne l'avait cru, il allait y avoir beaucoup de gelée. Bien, avait-elle fait tout ce que Martha lui avait recommandé ? Oui. Le sac était toujours juste au-dessus de la bassine mais il se balançait légèrement. Elle le cala. Il s'égouttait tout doucement. Martha avait dit que plus il s'égoutterait doucement, meilleure serait la gelée. Donc, tout allait bien, elle n'avait plus de souci à se faire. Il n'y avait qu'à le laisser suspendu ainsi jusqu'à demain matin. Le prospectus attira son regard. Des inepties. Et même un peu impoli, en y réfléchissant. Elle le récupéra, posa le pied sur la pédale de la poubelle et y jeta le dépliant. Insinuer que les gens pourraient mettre le nez dans ses affaires. Vraiment !

En pantalon et pull-over noir, elles avançaient furtivement, les pieds chaussés dans des tennis. Excitées par l'enthousiasme et soutenues par la vertu, Miss Nuttel et Mrs. Blaine s'étaient mises en route pour accomplir une mission, prêtes à tout pour sonder les ténèbres à la recherche de noires actions nocturnes, et faire leurs preuves, à leurs yeux et à ceux de Plummergen, en tant que guides dignes de respect. En espionnant l'ennemi dissimulé parmi eux, elles allaient démontrer où se cachait la culpabilité et deviendraient les sauveurs attitrés du village, qu'elles auraient ainsi délivré des dangers qui l'encerclaient. Elles s'accroupirent ; avancèrent à pas feutrés ; se courbèrent sous la haie ; jetèrent un œil par-dessus ; puis, pleines d'audace, poussèrent le portail. Il grinça.

— Qu'est-ce qu'on va faire, Eric ? souffla Mrs. Blaine. Il grince.

— Le pousser un bon coup et passer vite, répondit Miss Nuttel.

Ce qu'elles firent. Il grinça de nouveau, mais elles étaient de l'autre côté et se déployèrent, chacune devant une fenêtre à l'avant de la maison de Miss Seeton. Elles scrutèrent à travers les vitres en vain, allumèrent leurs lampes de poche et aperçurent leur propre visage effrayé qui se reflétait dans les vitres sombres. Elles regardèrent de plus près et inspectèrent les pièces, vides de tout ennemi. Elles contournèrent la maison ensemble, sur la pointe des pieds, regardèrent par la porte-fenêtre et ne virent rien. Elles se dirigèrent alors vers la fenêtre de la cuisine, contre laquelle elles collèrent leur visage. Elles allumèrent leurs lampes : ainsi, nez écrasé contre la vitre et yeux écarquillés... Horreur ! Une chose monstrueuse, décapitée et enveloppée dans un linge blanc, était suspendue au-dessus d'une bassine. Elle était pendue là, dans l'ombre, et alors qu'elles ne pouvaient en détacher leurs regards, pétrifiées, une gouttelette grossit, se transforma en une goutte brillante couleur rubis, ct tomba dans la cuvette au-dessous, déjà à moitié pleine de... de sang ! Une tête de bébé pendue à une poutre perdait son sang goutte à goutte ! L'ingrédient de base des sorcières : du sang de nouveau-né, le composant nécessaire dans tous leurs rites atroces ! Deux bouches s'ouvrirent sur un hurlement muet. Deux visages s'évanouirent. Une lampe se fracassa en tombant. Des pieds trébuchèrent et détalèrent soudain, un souffle plein de terreur siffla dans l'air, des fleurs piétinées craquèrent, le portail grinça et les semelles de caoutchouc frappèrent le trottoir tandis qu'une paire de fesses énormes serrées dans un pantalon trop petit tressautaient sur deux jambes.

— Tu as vu, Eric ? siffla Mrs. Blaine, hors d'haleine. C'est absolument affreux, absolument... Oh, je vais vomir ! Comment a-t-elle pu ? C'est trop atroce ! Mais je l'ai toujours dit. Pas vrai, Eric ? Eric ?

Elle se tut.

— Eric ?

Elle regarda autour d'elle.

— Eric ! brailla-t-elle.

Mais Eric n'était pas là. Elle était seule.

Mrs. Blaine redescendit la Rue, franchit à nouveau le portail qui grinçait, puis passa derrière le cottage, jusqu'au coin où, n'osant plus faire un pas, elle se tint tremblante, agrippée au mur en brique rugueux.

Au-dessus d'elle, une fenêtre éclairée l'avertit du danger. La lumière fut masquée, une tête passa dehors, regarda à droite, à gauche, en bas. Un bras décharné apparut dans la nuit, la main tournée vers le haut. Supplication ? Invocation des esprits pour les faire sortir de leurs régions infernales ? Norah Blaine tenta de se rappeler des prières. La main, son épouvantable dessein accompli, se retira.

Non... Miss Seeton referma la fenêtre. Il ne pleuvait pas. C'était une bonne chose. Bien qu'il fasse plutôt froid. Un peu de gel précoce, peut-être ? Elle espérait que non, car cela abîmerait les fleurs. Elle était presque sûre d'avoir entendu un bruit. Mais non, décidément. Tout paraissait calme. C'était peut-être un chien. Ou des chats, plutôt. Rien de grave, de toute façon. Elle retourna se coucher.

Une fois sa malédiction accomplie, la tête disparut. Les rideaux furent tirés et la lumière s'éteignit. Bouleversée, Mrs. Blaine esquissa un mouvement et balaya le sol de sa lampe électrique dont elle masquait la lumière avec les doigts. Elle trouva une torche brisée qu'elle ramassa, fouilla à nouveau et découvrit Miss Nuttel allongée de tout son long, les yeux clos et le teint cireux. Était-elle morte ? Cette abominable femme avait-elle commis l'irréparable ?

— Oh, Eric, elle t'a tuée ?

Elle tâta le pouls. Il battait. Elle respirait encore.

— Je t'en prie, dis quelque chose !...

Elle gifla le visage. La forme allongée à ses pieds croassa. Un croassement... ? Mais qu'avait donc fait cette femme abominable ? Avait-elle jeté un sort ? Eric était-elle ensorcelée ? Mais bruit égale danger. Vite, elle mit la main sur la bouche de Miss Nuttel. Celle-ci se redressa avec effort.

— Que... que se passe-t-il ? marmonna-t-elle.

— Chut ! l'implora Mrs. Blaine. Oh, Eric, je t'en prie, lève-toi. Il faut... il faut partir d'ici tant qu'il est encore temps.

Miss Nuttel se concentra pour retrouver ses esprits. Pour rude qu'elle parût avec ses manières brusques et son parler laconique, la vue du sang la terrorisait. Elle se leva. Ses genoux flanchaient. Elle s'accrocha à son amie potelée et, ainsi enlacées, elles titubèrent jusqu'à l'angle du cottage, vacillèrent vers le devant de la maison, zigzaguant dans l'allée, de gauche à droite et d'avant en arrière, telles deux branches de compas désarticulées en équilibre sur une sphère. Le portail grinça une dernière fois en signe de protestation, derrière deux vieilles poules chancelantes de retour au perchoir.

CHAPITRE IV

— Mais elle était là, sur la table de l'entrée, hier après-midi ! J'étais en train de l'emballer quand vous êtes arrivés. Je ne comprends pas ce qu'il lui est arrivé. J'ai cherché partout. Vous ne croyez pas que... Oh ! merci.

Elle prit des légumes. Nigel servit son père puis se servit, posa le plat sur la desserte et revint s'asseoir.

— Ne croyez-vous pas, risqua lady Colveden, que Basil aurait pu la prendre quand il a rentré vos bagages et la mettre dans sa voiture par mégarde ?

Le cou d'oie se tendit, les bajoues s'empourprèrent et se mirent à ballotter, le nez crochu pointa vers le haut.

— Insinueriez-vous, par hasard, que mon fils aurait volé une poupée ? se mit à braire Honoria Trenthorne.

— Non, non ! Bien sûr que non ! répondit lady Colveden. Je pensais juste qu'il aurait pu le faire. Je veux dire, se corrigea-t-elle aussitôt, qu'il aurait pu le faire par mégarde, ou pour plaisanter, je ne sais pas. Personne d'autre n'était là et...

— Ne soyez pas ridicule, Margaret. Mon fils ne s'amuse pas à faire des plaisanteries. Et puis que voulez-vous qu'un garçon de vingt ans fasse d'une poupée ? Vous vous imaginez ?

— Oh ! non, je préfère pas, murmura Nigel.

— Tais-toi, Nigel, fit Meg Colveden, l'air inquiet. Je l'avais mise sur la table dans l'entrée pour l'emballer. Le papier de soie, le papier d'emballage, les copeaux et la boîte y sont toujours, mais pas la poupée. Je ne comprends pas.

— Toute cette agitation ridicule pour une simple poupée ! grinça Mrs. Trenthorne.

— Ce n'est pas une simple poupée, protesta lady Colveden, elle est magnifique. Miss Seeton l'a apportée ici pour Janie, mais à cause de la grève des trains hier, elles sont rentrées plus tôt et elle les a manquées. Je voulais l'envoyer, mais maintenant, je ne sais que faire. Je ne peux pas le dire à Miss Seeton, elle serait tellement déçue, et puis elle serait bien capable d'en acheter une autre. Je ne peux pas non plus demander à Mr. Stillman à la poste de m'en procurer une autre. Si ça s'ébruitait, tout le village serait au courant et cela pourrait parvenir aux oreilles de Miss Seeton. Ce serait affreux. Non, il faut que j'essaie d'en trouver une à Londres et que je fasse promettre à Julia et à Janie de ne rien dire.

— Seeton ?

Mrs. Trenthorne prit un air méprisant.

— N'est-ce pas cette femme vulgaire avec un parapluie, dont on ne cesse de parler dans les journaux ? Alors ça ne m'étonne pas. C'est certainement elle qui l'a reprise pour se faire de la publicité. C'est une erreur de fréquenter des gens comme elle. Et tu devrais le savoir, George, en tant que représentant de la justice, ajouta-t-elle en se tournant vers son hôte.

— Des conneries, tout ça.

— Ce n'est pas parce que je suis de la famille que tu dois dire des grossièretés.

Les revendications familiales de Mrs. Trenthorne étaient discutables. Elle était la cousine d'une cousine de sir George. Le nom de Tantâne lui avait été décerné par Nigel, qui, lorsqu'il avait entendu pour la première fois, à l'âge de cinq ans, sa voix rauque, avait fait le lien avec le cri de l'âne. Lorsqu'elle lui avait demandé avec condescendance de l'embrasser et de l'appeler tantine, il avait reculé en la regardant de ses grands yeux et avait dit « Tante âne ». La dame avait entendu « Tantane » et pensé que le surnom exprimait l'affection de l'enfant à son égard, erreur tout à fait excusable, puisqu'elle avait peu d'expérience en matière d'affection, dans un sens comme dans l'autre, pour la guider. Meg Colveden avait insisté sur le côté affectif, trop heureuse que son fils n'ait pas dit « tante hi-han ». Julia, la sœur aînée de Nigel, avait adopté le surnom, et elle était devenue Tantâne pour la famille Colveden : une visiteuse rare et importune. Sans se rendre compte que la nature lui avait donné une voix de stentor que nul ne pouvait ignorer, elle avait développé une méthode toute personnelle pour attirer l'attention. Elle se disputait en vociférant avec tous ceux qu'elle rencontrait. S'il lui arrivait d'être confrontée à une tentative de pacification de la part de son interlocuteur, elle changeait immédiatement de point de vue, pour s'assurer une nouvelle discussion. Elle disait affectionner une bonne controverse. Cela lui semblait stimulant. Elle avait fait un mariage d'argent avec un homme doux comme un agneau, dont le seul acte de bravoure avait été de se retirer dans sa tombe prématurément. Quant à l'aptitude précoce de son fils unique à commettre des larcins et plus tard à falsifier des chèques, savoir si elle résultait de son entourage ou d'une prédisposition naturelle relevait de la psychiatrie. Il avait été considéré tour à tour comme attardé mental ou enfant précoce, selon le point de vue personnel de ses mentors ou suivant ce que le garçon avait dérobé.

Lady Colveden essaya de changer de sujet de conversation.

— Dites-moi, Tantâne, qu'est-ce que c'est, cette réunion où vous allez et où Basil joue ?

Mrs. Trenthorne prit un air offusqué.

— Où Basil joue ? Je ne vous comprends pas, Margaret. Conscience n'est pas un jeu. C'est merveilleux. Pour ceux qui ont la foi, c'est essentiel et fondamental, cela relie l'esprit au Grand Au-Delà.

— Au-delà de quoi ? demanda sir George.

— Au-delà de cette planète, George. Au-delà de cette vie. Au-delà *de l'au-delà.*

Elle agita sa fourchette et envoya valser de la purée, pour indiquer l'espace.

— Et vous avez l'audace d'insinuer que Basil y joue !

Lady Colveden se sentit déroutée.

— Mais c'est vous, Tantâne. Vous avez dit dans votre lettre que Basil jouait de la trompette.

— Je n'ai rien dit de tel ! J'ai dit que Basil était Trompettiste. C'est merveilleux ! Trompettiste est la plus haute fonction que l'on puisse avoir. En dehors de Sérénissime. Mis à part le Maître, bien sûr. Moi, je suis Sérénissime, annonça-t-elle en laissant tomber son couteau pour tendre la main. Et ça, c'est mon insigne, pour l'attester, dit-elle en montrant l'anneau de plastique blanc à son majeur. Celui de Basil est bleu. Et le Maître en a un jaune. Le sien est en or, naturellement. Les grades inférieurs ont d'autres couleurs pour les distinguer.

Nigel ramassa la purée tombée sur la tapis avec une cuillère.

— Comme pour calibrer les poulets ? demanda-t-il.

— Pas du tout ! répondit Mrs. Trenthorne d'un ton cassant. C'est simplement pour que les gens reconnaissent leurs grades respectifs. Il est hors de question que les Sérénissimes se mêlent avec le menu fretin comme les Béjaunes.

— Les Béjaunes ? répéta lady Colveden.

— Les Béjaunes sont les débutants, ils sont en vert. Ensuite viennent les Servants, en rouge, puis les Majordomes en noir et le bleu pour les Trompettistes et le blanc pour les Sérénissimes. C'est merveilleux. Vous n'avez pas idée de ce que cela signifie.

— Non, pas vraiment, admit lady Colveden. Mais je suppose que c'est très bien si l'on aime ce genre de chose.

— Venez avec moi à la réunion de Maidstone et vous entendrez le Maître en personne. Il est merveilleux.

— Tu as commencé Béjaune ? demanda Nigel.

— Absolument pas ! répliqua Tantâne. Mais Basil, oui. Le cher enfant s'est tellement passionné que je lui ai laissé faire un petit don. Et quand ils ont reconnu sa valeur, ils l'ont fait passer au grade supérieur.

— Tu as fait un petit don ? demanda George, soudain attentif.

Mrs. Trenthorne fut un instant désarçonnée, puis répondit très vite :

— Une bagatelle. A peine cinq mille livres. J'aurais pu difficilement donner moins, vu qu'ils m'avaient nommée Sérénissime. Ils ont reconnu mon subconscient, tu comprends.

— Et ce lieu secret ?

— Seuls les élus...

Mais elle s'arrêta soudain et son visage s'empourpra.

— Secret ? répéta-t-elle. Je ne vois pas de quoi tu parles.

— Dans ta lettre.

— Non. Je ne vois pas. Un secret ? Non, vraiment, George. Un lieu secret ?

Elle émit un ricanement nasal qui se voulait railleur.

— Je n'ai jamais parlé d'une chose pareille ! Pourquoi l'aurais-je fait ?

Il n'insista pas, mais ça ne lui disait rien qui vaille. Il fallait qu'il y regarde plus près.

L'église de Plummergen était pleine, mais pas pour la prière. Les magasins étant fermés le dimanche, l'église était l'endroit le plus aisé pour que les gens du village puissent se réunir, les commérages allant bon train sur toutes les langues. La messe une fois terminée, ils pouvaient se retrouver dehors, discuter des derniers potins, mettre en pièces de nouveaux personnages, puis éparpiller leurs restes carbonisés sur les tombes, avant de s'en retourner chez eux pour déguster un bon rôti bien mérité, avec des patates.

Ce matin-là, les commérages étaient à leur apogée et se répandaient sans plus attendre en cascade, le long des bancs de l'église, dans un murmure bourdonnant. De sa chaire, le révérend Arthur Treeves parlait dans le vide. Son sermon du jour manquait d'inspiration, ce qui était aussi bien, puisque personne n'écoutait. Même Molly, sa sœur, assise devant lui, laissait son esprit vagabonder : Qu'est-ce qu'ils manigançaient encore, avec leurs chuchotis ? Grâce à Dieu, Arthur ne remarquait jamais les choses, à moins qu'elles ne lui crèvent les yeux. Mais c'était vraiment scandaleux. Elle n'aurait jamais cru qu'ils soient si mauvais ; pas même lorsqu'une querelle avait éclaté entre Mrs. Welsted, grippée, et Miss Pydell, à qui elle avait refusé de laisser la clef pour ses exercices quotidiens à l'orgue, avec pour résultat que cette pauvre Miss Pydell allait maintenant à la messe à Rye, ce qui rendait la situation embarrassante.

Miss Treeves regarda autour d'elle, prit un air sévère et fit « chut ! », mais sans résultat, ou juste une seconde. Elle s'adossa à sa chaise, ferma les yeux et se concentra en essayant de capter des bribes, résolue à comprendre la raison de tous ces bavardages. « Et ses yeux qui regardaient. » Mon Dieu ! aucun villageois digne de ce nom n'avait jamais vu des yeux qui fassent autre chose que regarder. « Elle a agité son pébroc dans tous les sens et maudit l'autre Cinglée qui est tombée dans les pommes. » Miss Nuttel s'est trouvée mal ? Un rhume certainement. « Le pauvre petit, elle lui a tranché la tête, l'a suspendue et laissée s'égoutter. » Coupé quoi ? Ils doivent parler de Miss Seeton, puisqu'ils ont mentionné un parapluie. Pauvre Miss Seeton. Quel atout, pourtant, pour le village ! Ces gens stupides ne sauraient donc jamais se mêler de leurs propres affaires ? « On devrait la brûler, ça, oui ! » Qu'est-ce que cela voulait dire ? « Un bon plongeon, plutôt, oui ! » « S'est envolée par la fenêtre sur son pébroc, elles l'ont vue comme je vous vois. » « Dangereuse. » « Je ne veux plus qu'Eileen retourne à l'école, ça, c'est sûr ! »

Le sermon touchait à sa fin, comme la patience de Miss Treeves. La messe s'acheva. Ils sortirent en débandade et firent résonner le cimetière de leur jacasserie surexcitée. Un groupe de parents rassemblés autour de l'instituteur protestaient avec indignation. Mr. Jessyp fut catégorique et campa sur ses positions en disant aux parents que si leur enfant était absent lundi, sans certificat médical, ils auraient des problèmes. Martha Bloomer entretenait sa petite cour avec fureur. Quand on pense qu'il y a des gens assez stupides pour confondre sa gelée de mûres avec un bébé... c'est incroyable ! Quant aux Cinglées, elle allait leur apprendre à jouer les voyeuses, à ces deux curieuses ! Et puis c'était bien fait si Miss Nuttel s'était évanouie. Dommage qu'elle soit revenue à elle.

Les Colveden — sans Tantâne restée à la maison pour entretenir sa nouvelle religion — apprirent les dernières rumeurs par Miss Treeves. Mrs. Blaine et Miss Nuttel affirmaient que Miss Seeton faisait bouillir des têtes de bébé pour souper. Si Meg Colveden avait toujours pensé que les deux Cinglées étaient folles, maintenant, elle en avait la confirmation.

L'heure du déjeuner renvoya les villageois chez eux, en deux camps bien distincts, ce qui montrait que tout était normal et que le village était fidèle à lui-même. Miss Seeton était-elle ou non une vraie sorcière ? Des enfants disaient que non, leurs parents juraient que oui. Des parents tournaient cette idée en dérision, alors que leurs enfants l'avaient vue, chevauchant son pébroc dans la nuit. Le patron du garage craignait qu'il y ait quelque chose de vrai dans tout cela, le receveur ne voyait quant à lui aucune raison d'avoir peur. Le révérend Arthur et Miss Treeves réfutaient l'idée, les Welsted, qui tenaient la mercerie, l'acceptaient. Miss Nuttel et son amie soutenaient que les faits étaient véridiques et lady Colveden disait que les faits prouvaient tout simplement qu'elles étaient folles.

Une seule personne restait imperturbable. Miss Seeton ignorait tout du débat, ne savait rien de la sorcellerie : un sujet dont elle s'était peut-être dit qu'il ne prêtait pas à discussion.

Lundi matin, Miss Seeton posa les yeux sur le bureau du professeur où l'attendaient un programme dactylographié à titre d'information et un livre : *Mathématiques générales.* Mon Dieu ! elle avait tellement espéré... Mais il n'y avait plus rien à faire, maintenant. Elle s'assit face aux élèves, leur sourit et dit : « Bonjour. » Ils lui répondirent en chœur « Bonjour, miss ! » et semblèrent se mettre au travail. Bien, c'était une bonne chose. Tant que les enfants savaient ce qu'ils devaient faire, cela ne serait peut-être pas si terrible. Elle regarda de nouveau le livre. En bas de la couverture, il était écrit : *Avec correction des exercices*. Dieu merci ! Elle vérifia son programme, ouvrit le livre et trouva la page pour voir où ils en étaient. Des murmures et des ricanements montaient des pupitres. Le meneur de la classe, un petit farceur, leva le doigt.

— S'il vous plaît, miss, vous allez nous apprendre à voler ?

Ils attendirent, pleins d'espoir et tout excités. Ça devrait lui clouer le bec.

Miss Seeton leva la tête, légèrement étonnée, et les observa. Des Peter Pan en puissance ? Non, avec les petits garçons modernes, c'était plutôt les vaisseaux spatiaux, ou les avions à réaction, se dit-elle. Et pour les filles, hôtesse de l'air.

— Je suis désolée, mais je n'ai pas de brevet de pilote, répondit-elle.

Des éclats de rire saluèrent cette riposte. Super drôle ! En plein dans le mille ! Ça, c'était bien envoyé ! Fallait faire attention où on mettait les pieds, avec celle-là. Rapide comme l'éclair et drôlement moqueuse, avec ça !

Miss Seeton étudia les questions : *Énoncez les proportions suivantes aussi simplement que possible, sous la forme a : b. Q. 13. 12 cm : 4 cm.* Elle regarda à *Réponses.* Ah ! elle y était : *13.3.1.* Miss Seeton fronça les sourcils et relut la question *3 : 1* ? Mais alors, où étaient passés *a* et *b* ? Et *c* et *m* ? C'était vraiment très ennuyeux. Elle se dit avec espoir que les enfants le sauraient peut-être et regarda au bas de la page. Deux titres retinrent son attention : *Contributions.* Bonté divine ! pour des enfants de onze ans ? Et *Impôts locaux.* Mon Dieu ! Mais c'était exactement les problèmes qui lui causaient tant de souci. Elle commença à prendre des notes. *Q.9* pour *Loyer de la maison, soit 60 livres avec 18 livres d'impôts.* Cela semblait vraiment bon marché. Mais après tout, elle n'avait pas de loyer à payer. Avait-elle une taxe d'habitation ? Et puis, qu'est-ce que c'était qu'une taxe d'habitation ? Elle avait certainement des impôts locaux. Elle regarda de nouveau, mais ne vit pas d'impôts locaux. La taxe d'habitation était-elle des impôts locaux ou bien les impôts locaux étaient-ils une taxe d'habitation ? *Q.8* disait : *Revenus 1 000 livres, impôts 400 livres.* Bien. Mais si on avait un revenu de *400 livres* ? Ils n'en parlaient pas. Elle se remit à écrire. Une voix s'éleva.

— S'il vous plaît, miss, cet impôt sur le revenu. S'il est si élevé qu'y disent et avec tous ces impôts en plus sur les bonbons, le tabac et tout le reste, j'ai l'impression qu'on nous prend plus qu'on a.

Miss Seeton regarda ce qu'elle avait écrit. C'est ce qu'il lui semblait aussi.

— Eh bien, dit-elle enfin, je dois reconnaître que

c'est ce qu'il me semble. Voyons voir... supposons que j'aie autant d'impôts à payer, mais pas de loyer, des impôts locaux bien sûr... et puis tout le reste...

Ils lui posèrent des questions. Ils voulaient des faits concrets, des chiffres.

— Miss, il faut des chaussures de foot ?

Non, elle ne le pensait pas.

Et des bonbons, elle en mangeait beaucoup ? Non, pas vraiment. Très peu, en fait. Bien. Et... Ils se mirent au travail, quittèrent leur place, circulèrent dans la classe, la pressèrent de questions, discutèrent des réponses et firent des listes. Les filles prirent la nourriture, les vêtements, le linge ; les garçons prirent le capital et les impôts, sans oublier les vacances et la femme de ménage.

Pendant qu'ils étaient ainsi absorbés, Miss Seeton laissait errer ses yeux sur la page suivante du manuel, intitulée *Faillite.* Elle poussa un soupir. La cloche retentit. Elle se leva. Il y eut des protestations : « Attendez, miss ! » « Pas tout de suite, miss ! » « Juste une seconde, miss, on a presque terminé. » « S'il vous plaît, miss, on n'a pas fini. » Ils s'agitèrent à nouveau en comparant leurs notes, finirent un calcul par-ci, trouvèrent une solution par-là... Miss Seeton s'assit et attendit. Le meneur de la classe se leva tout fier, son côté farceur oublié.

— Ça y est ! S'il vous plaît, miss, on a la réponse, dit-il. Vous allez devoir trouver du travail.

Le soleil se couchait en rougeoyant au loin en ce début de soirée. Des mouettes tournoyaient au-dessus de la mer. L'herbe sèche qui pointait du sable se pliait sous le vent, écarlate dans le soleil couchant, assombrie par endroits par un passage nuageux. Des lambeaux d'ombre s'effilochaient sur fond de ciel ocre et la terre filait en banc de sable rouge sang.

C'était vraiment spectaculaire, mais la couleur était tellement difficile à saisir ! Et plus encore le mouvement. Miss Seeton reposa son pinceau. Elle souhaitait qu'il ne fasse pas autant de vent quand les enfants viendraient ici. Sinon on passerait son temps à courir après les papiers. C'était vraiment gentil de la part de lady Colveden d'avoir pris la peine de l'amener en voiture. Bien sûr, en tant que membre du conseil d'administration de l'école, lady Colveden était au courant de la sortie avec les enfants, mais la conduire jusqu'ici pour qu'elle choisisse le point de vue et fasse les préparatifs, alors même que, comme Miss Seeton avait cru le comprendre, elle avait une invitée chez elle... Elle regarda sa montre. Les deux heures s'étaient presque écoulées, et lady Colveden n'allait pas tarder. Elle commença à remballer ses affaires et posa un doigt sur le papier. Non, le dessin n'était pas encore complètement sec. Elle le rangerait en dernier.

En entendant des pas sur l'herbe, Miss Seeton se retourna en souriant, pour dire qu'elle était prête. Oh ! Elle se retrouva face à une merveilleuse vision et resta sans voix, ne sachant que dire. Aussi, elle n'essaya pas de parler et la dévisagea. La jeune fille sourit.

— Bonjour. Je suis désolée de vous interrompre. Ne vous occupez pas de moi. Je ne vais pas vous déranger. Je suis juste descendue de voiture pour me délasser les jambes et jeter un coup d'œil. Je me rends dans un petit bled qui s'appelle Plummergen. Je vais descendre à l'auberge du coin, mais je me suis dit que j'allais d'abord visiter un peu la région.

Elle prit un étui à cigarettes doré dans son sac et le lui tendit. Toujours sans dire un mot, Miss Seeton secoua la tête. La jeune fille alluma une cigarette, aspira profondément et laissa la fumée s'échapper de ses narines.

— Vous peignez les environs ? J'aurais bien aimé être douée, dit-elle en riant. Il y a certaines choses que j'aurais...

Mais en voyant les efforts de Miss Seeton, son rire mourut. Elle lui lança un curieux regard et, sans crier gare, elle se retourna et s'éloigna.

Lentement, Miss Seeton, ferma sa boîte à dessin, rassembla son attirail et se dirigea vers la route. Elle fut assez silencieuse sur le chemin du retour avec lady Colveden. Elle déclina l'offre de venir prendre le thé, au grand soulagement de lady Colveden qui ne parvenait pas à imaginer un terrain d'entente entre Miss Seeton et Tantâne. Apparemment, Miss Seeton était déjà prise. Le jeune sergent colossal de Scotland Yard, en vacances, s'était installé au *George and Dragon.* Il avait appelé Miss Seeton et s'était invité avec Anne, pour le thé.

Au début, malgré un feu de bois bienvenu alors que les jours raccourcissaient, ils se sentirent mal à l'aise. Miss Seeton était un peu gênée. Pour elle, la lettre de sir Hubert Everleigh était suspendue comme un nuage gris au-dessus de leur thé. Pour le sergent, à qui l'on avait donné une copie de la lettre, c'était comme un voile noir qui se profilait. Ça lui allait bien, à l'Oracle, de dire : « Je ne veux pas lui écrire moi-même, Bob, ou m'immiscer dans cette affaire, à moins qu'il le faille. Ce serait manquer de tact, puisque le DA lui a écrit en personne, mais je vous parie à cinq contre un qu'elle refusera. Elle ne va pas comprendre ce qu'on attend d'elle et elle va trouver au moins une douzaine de raisons pour ne pas le faire, alors c'est à vous de la convaincre. » Mais comment faire accepter à quelqu'un quelque chose qu'il ne voulait pas faire ? Spécialement si le geste en question ne convenait pas du tout et, en plus, ne le concernait absolument pas ? Pourquoi n'avaient-ils pas laissé les choses en l'état ? Après tout, ils auraient toujours pu lui demander de faire un dessin par-ci par-là, comme ils l'avaient déjà fait. Mais le DA y avait mis le holà. Il avait dit qu'on n'avait pas le droit de demander à quelqu'un de l'extérieur de prendre des risques pour lesquels il n'était pas payé. Néanmoins personne n'avait jamais demandé à Miss Seeton de prendre des risques. Elle... enfin, elle les prenait sans le savoir. C'est tout, songea Bob. Et puis le DA avait ajouté que, vu ce qu'il s'était passé lors des deux affaires auxquelles elle s'était trouvée mêlée, de toute façon, ça coûterait moins cher de l'enrôler officiellement dans la police, à la longue. Et le vieux Brinton n'avait pas facilité les choses en l'appelant d'Ashford dès son arrivée, pour lui dire de se grouiller parce qu'on avait besoin d'elle à cette réunion de Conscience à Maidstone. Il ne pouvait rien lui demander tant qu'elle n'avait pas signé. Tiens, puisqu'on en parlait, il avait tout un tas de formulaires. Mais comment diable s'y prendre pour faire signer à quelqu'un quelque chose qu'il ne voulait pas signer, spécialement si ce quelque chose était... Oh, et puis merde !

Anne avait demandé à Miss Seeton comment ça avait marché à l'école, parce qu'elle était étonnée d'avoir entendu dire que plusieurs enfants s'étaient pris d'un intérêt soudain et surprenant pour les finances et paraissaient tous mûrs pour devenir de futurs comptables. En remarquant l'embarras croissant de son hôtesse, elle laissa tomber le sujet. Elle regarda Bob et Miss Seeton, puis posa son assiette en gloussant.

— Écoutez, je sais que ça ne me regarde pas, mais ce ne serait pas mieux si vous en finissiez, pour qu'on puisse être tranquilles tous les trois ? Bob a tellement peur que vous disiez non, qu'il ose à peine ouvrir la bouche de crainte d'évoquer le sujet par mégarde. Et d'après ce que je vois, dit-elle en adressant un sourire compatissant à Miss Seeton, vous n'êtes pas précisément à l'aise non plus. Mais on ne peut pas rester assis et continuer à faire comme si les directeurs adjoints n'existaient pas, parce que, malheureusement, ils existent. Ne pouvons-nous pas nous mettre d'accord sur le fait que c'est une bonne idée ou une mauvaise idée, et oublier tout ça ?

Miss Seeton rougit et Bob devint cramoisi. Le silence tomba. Anne secoua la tête en simulant le désespoir.

— Bien, puis-je quand même avoir une autre tasse de thé et encore un peu de gâteau ?

Miss Seeton rit, s'excusa et la servit.

— Vous avez tout à fait raison, Anne.

Elle proposa du gâteau à Bob.

— Je me conduis sottement. Vous voyez, en vérité, bien que je suppose que j'aurais dû, je n'ai pas pensé qu'en fait, c'était sérieux.

Bob se sentit soulagé. Ça lui ferait les pieds, au vieux sir Lourdingue. Elle avait cru qu'il plaisantait.

— C'est un crime de lèse-majesté, fit Anne. Même moi, j'ai appris qu'il faut prendre le directeur adjoint au sérieux.

— Bien sûr...

Miss Seeton hésita. C'était si... difficile à exprimer. Bien qu'elle réalisât parfaitement qu'on lui demanderait essentiellement de dessiner, elle savait aussi très bien que quand on est lié à la police on doit être toujours prêt, à tout moment, à assumer n'importe quelle tâche lorsqu'elle se présente. Comme les scouts. Et, bien entendu, les éclaireurs. Toujours prêt.

— C'est simplement tellement... inhabituel. Après tout, à mon âge, non que le port de l'uniforme soit gênant, si cela s'avérait nécessaire, mais s'enrôler dans la police...

Sa gravité et son trouble étaient presque insoutenables pour Anne.

— ... alors que je ne comprends rien à la circulation et ce genre de choses... Vous voyez bien que je ne peux pas... pas sans formation. Aussi j'ai pensé que, dans un sens, ça doit en être une. Je veux dire une plaisanterie.

Bob postillonna. Le voile noir s'était levé. La circulation ! Il s'étrangla avec des miettes de gâteau. Miss Seeton en uniforme au coin de Hyde Park ou à Marble Arch en train de régler la circulation en agitant son parapluie !

— Je vous en prie, dit-il en suffoquant, j'espérais que vous...

Mais il fut pris d'un nouvel accès. C'était ça. Le problème serait résolu. Toute la circulation bloquée à Londres, sur des kilomètres et des kilomètres. Jusqu'en banlieue. Immobilisée à jamais. Cela faisait une éternité qu'il ne s'était senti aussi joyeux.

Peu à peu, entre deux convulsions, ils arrivèrent à régler l'affaire. Il était stipulé que Miss Seeton recevrait un petit acompte et qu'en retour le Yard pourrait avoir recours à ses services en priorité, pour l'envoyer où ils le souhaitaient, tous frais payés, voir des gens et faire des dessins lorsqu'on le lui demanderait, et chaque fois qu'on ferait appel à elle, elle serait payée au prorata de son travail. Dans son esprit, une petite voix toute jeune répétait : « Vous allez devoir trouver du travail, miss. »

C'est ainsi que Miss Seeton compléta, parapha, lut des *Attendu que, En cas de* et *Ce contrat est renouvelable chaque année et peut être modifié si nécessaire par consentement mutuel*, et signa les papiers que Bob avait sortis.

CHAPITRE V

— Aujourd'hui, je vais vous parler de Liberté.

La salle de Maidstone était pleine. Miss Seeton se pencha en avant et se concentra. C'était sa première mission pour la police et elle devait faire de son mieux. Le garçon qui l'avait amenée ici était si aimable ! Et original, avec ce pull rose à col roulé et une veste presque magenta. Pas des plus heureux, comme mariage, à vrai dire, mais plutôt original. Elle s'était toujours représenté les policiers le crâne tondu. Mais non. Ce Mr. Foxon avait les cheveux longs, enfin, assez longs, et bouclés. Elle avait emporté un bloc de papier pour y consigner des notes et y enregistrer des impressions. Elle écrivit donc une note et enregistra une impression : *Liberté.*

— La liberté, poursuivit l'orateur, c'est-à-dire liberté des sens...

— Balivernes ! murmura sir George au premier rang.

Tantâne prit un air scandalisé. Lady Colveden fit signe à son mari de se taire.

— ... liberté de penser, liberté d'esprit, liberté d'expression...

La plupart des gens dans le public étaient en extase,

mais, pour Bob qui s'était faufilé au fond avec Anne, c'était du charabia.

— ... libérés du péché, libres d'aimer...

— Sornettes ! grommela sir George.

Plutôt beaucoup de liberté, écrivit Miss Seeton.

Nigel, qui avait accompagné ses parents à la requête de son père, était à moitié tourné sur sa chaise. Cette fille... ces cheveux dorés avec ces reflets rouges. Cette fille... ces yeux, cette bouche... Cette... fille. Lui aussi était en extase. Les seuls mots qui lui parvinrent à travers toute cette rodomontade soigneusement préparée furent « libres d'aimer ».

— Ici, dans le monde occidental, poursuivait l'orateur, nous sommes enchaînés, comme Prométhée, par des chaînes séculaires, des chaînes dont les maillons sont forgés... forgés, répéta-t-il, par de faux concepts, forgés par des considérations matérielles, par la peur et par des opinions erronées. Dans le lointain Orient, dans les *ashrams,* les cellules isolées, les monastères retirés, les yogis connaissent les réponses à ces problèmes depuis des siècles innombrables. Ce monde n'existe pas...

L'orateur marqua un temps de pause et regarda son auditoire.

— Cela vous surprend. Et pourtant je vous assure que c'est la vérité. Vous pensez en termes matériels aux différentes substances qui nous entourent, mais une fois que vous aurez libéré votre esprit de cette illusion et atteint la connaissance pure, ou *chit*...

Miss Seeton fronça les sourcils en hésitant. Ces langues étrangères... Si difficiles à orthographier !

— ... vous découvrirez qu'il n'y a qu'une illusion : la Grande Illusion... celle du monde, de nous-mêmes et de tout ce qui nous entoure. Tout n'est que le reflet de Dieu le Divin Créateur. Maya, ou *om*, le principe de l'illusion, nie la réalité. Une fois que vous avez réalisé *maya*, vous pouvez atteindre la vraie adoration : adorer toute illusion comme reflet de Dieu.

Il demeura un instant le regard perdu dans le lointain et reprit :

— La vie éternelle. Éternelle... répéta-t-il lentement. Ne jamais mourir. Le rêve de l'Occident. La réalité de l'Orient. Car ne doutez jamais qu'il s'agit de réalité. Une réalité à portée de tous ceux qui possèdent la foi et la persévérance. Mais, me direz-vous, qu'est-ce que cela a à voir avec la liberté ? Et je vous répondrai : *Mukti*.

— Cause toujours, fit sir George, qui partageait avec Miss Seeton l'incapacité à saisir les finesses du sanskrit.

— *Mukti*, expliqua l'orateur, signifie libération du cycle de la naissance et de la mort, une âme libre. C'est un état que n'importe quel être humain peut atteindre, et nombreux sont ceux qui l'ont atteint en Orient. Parmi les mystiques là-bas, j'ai parlé et travaillé avec des hommes venus du fond des temps, des hommes qui connaissent vos pensées et vos actions avant que vous puissiez les formuler en votre for intérieur. Certains d'entre vous peuvent sourire, mais c'est un fait scientifique. Il y a d'autres choses que je ne suis pas autorisé à vous révéler, mais avec Conscience, je peux apporter à l'Occident l'essentiel des enseignements dans une version abrégée, que l'on pourrait presque appeler un raccourci vers la Vérité Éternelle. Grâce à mon intercession personnelle, j'ai aussi reçu la permission de révéler au petit nombre d'entre vous dont je reconnais le subconscient le vrai secret de la Vie Éternelle. Pour certains d'entre nous, poursuivit-il en secouant la tête d'un air curieusement désapprobateur, les désirs de la chair, les appétits charnels rendent *maya* difficile. Mais cela n'est qu'une autre facette de la peur dont je parlais, et je vous ai dit de ne pas avoir peur. Rappelez-vous que beaucoup de saints ont vécu une vie de pécheurs avant d'accéder au but. Ne craignez pas le péché. Le péché est l'héritage fondamental de l'homme, au travers duquel il doit se racheter. II n'y a pas de salut possible si vous ne comprenez pas réellement la nature du péché. Ne craignez pas les pensées ou les actes coupables car sans eux, comment expier ? Un ancien dicton très juste dit que sans péché il ne peut y avoir de rédemption. Si nous levons les yeux, dit-il en joignant le geste à la parole, nous voyons le fruit mûr qui est au-dessus de nous, mais nous ne pouvons l'atteindre car nous sommes alourdis par nos chaînes.

Il écarta les bras et un anneau d'or brilla à l'un de ses doigts.

— Mes amis, rejetez ces chaînes ! Relevez-vous comme des hommes et des femmes libres, pour cueillir le fruit qui est le droit de tout un chacun à sa naissance. Ai-je parlé de naissance ?

Ma foi, oui, concéda Miss Seeton.

— Ai-je parlé de naissance ? insista-t-il.

Peut-être quelqu'un aurait-il la gentillesse de lui répondre ?

— Le monde est en soi une totale méprise. Nous ne naissons pas. Nous ne faisons que revenir pour un certain temps, une période, un moment seulement. Une période, répéta-t-il d'un ton menaçant, un moment qui touche à sa fin, un moment qui n'est plus qu'un souvenir.

Un frisson d'inquiétude parcourut la salle.

— Car c'est cela, le message que je vous apporte de l'Au-Delà. La vie, telle que nous la concevons en Occident, avec notre manque d'imagination puéril, notre incapacité infantile à saisir mentalement l'Infini, cette vie-là est finie.

Il continua sur sa lancée, ignorant les hoquets de frayeur qui se firent entendre.

— Terminée !

On eût dit un prophète de l'ancien temps, tendant vers le ciel une main accusatrice et menaçante, un Jupiter des temps modernes brandissant la foudre.

— Cette terre est arrivée à son terme.

La vibrante prophétie sembla assombrir les lumières et projeter une ombre sinistre dans la salle.

— Ceux d'entre vous qui ont lu mon ouvrage *Au-delà de l'au-delà,* publié aux éditions Offset au prix de trente shillings...

Au-delà de l'au-delà, Offset, trente shillings, nota soigneusement Miss Seeton.

— ... comprendront ce dont je parle et apprécieront la terrible portée de ce qui va se passer. Car, ne vous y trompez pas ! notre temps, le vôtre, le mien, notre temps à tous est aujourd'hui arrivé.

Quelques personnes très émotives, déjà endoctrinées par de précédentes inoculations, étaient en larmes. Miss Nuttel retenait sa respiration. Son amie expirait entre deux sanglots. Un vieux monsieur au quatrième rang se moucha.

— Mais ne désespérez pas, reprit leur mentor d'un ton encourageant, car c'est pour cela que je suis ici aujourd'hui. Je suis venu vous sauver. Savez-vous respirer ? demanda-t-il brusquement.

Étonné, son auditoire prit un air penaud.

— Respirer est la source de la vie.

Cette vérité inspirée fut comme une révélation.

— Avec une bonne respiration, *pranayama*, nous contrôlons notre destin, nos gestes. Nous contrôlons non seulement les mouvements de notre esprit, mais aussi ceux de notre corps. Vous croyez que l'homme ne peut pas voler. Moi, je vous dis qu'il le peut. Les gouvernements gaspillent votre argent avec des vaisseaux spatiaux et des fusées nucléaires pour un bref voyage sur la lune et, ce faisant, détruisent la stratosphère. Il n'y a plus de saison. Notre santé se dégrade et, maintenant, c'est notre monde lui-même qui doit mourir, détruit par l'incompétence des hommes. Mais je détiens la connaissance, qui peut transcender ces sciences mesquines. Conscience peut vous envoyer dans les étoiles, chacun d'entre vous, sans autre moteur que votre esprit.

Dans une pièce située derrière l'estrade de l'orateur, un jeune avec un écouteur était assis, les doigts, dont le majeur de la main droite arborait un anneau de plastique bleu, posés sur les commandes d'un magnétophone haute-fidélité. La porte s'ouvrit et deux hommes entrèrent.

— Comment il se débrouille, le vieux schnock, Basil ? demanda le plus petit et le plus trapu. Il colle à son texte ?

— Pas mal, Duke, répondit Basil Trenthorne. J'ai supprimé le thé froid du grand homme avant la réunion, dit-il en désignant une flasque de cognac posée à côté du magnétophone, et je lui ai dit que ça suffisait jusqu'à ce qu'il ait terminé son petit numéro.

Il écouta un instant.

— Il en est à la respiration. Il a enfourché son petit vélo et il est en train de se balader dans les étoiles, pour l'instant. La respiration, ça les branche toujours, s'ils pratiquent à fond. Ça leur donne suffisamment le vertige pour qu'ils se croient ailleurs. Toujours bon pour de nouvelles recrues.

La bouche de l'homme qu'il avait appelé Duke se tordit en un rictus.

— Ça aide les adeptes à les allonger, aussi.

Sur l'estrade, l'orateur se servit un verre d'eau de la cruche posée sur la table et en but une gorgée, puis il se tourna vers la salle.

— La première chose indispensable, c'est d'apprendre à respirer.

Il pressa un index contre une narine.

— Vous inspirez profondément. *Puraka.* Puis vous retenez votre souffle aussi longtemps que possible. Ensuite, vous expirez par l'autre narine, dit-il en changeant de main pour placer l'autre index contre l'autre narine. *Rechaka.* Vous éliminez toute trace de respiration dans votre corps. Faites-le aussi souvent que vous le pouvez. *Pranayama* n'est que le premier pas, le premier pas vital, pour parvenir à se contrôler. Les plus grands hommes l'ont pratiqué à travers les âges. Les grands maîtres de l'Ancien Testament l'ont fait. Notre-Seigneur, le plus grand de tous les yogis, l'a fait. Je peux le faire. Vous aussi, vous le pouvez.

— « Les Hollandais du vieil Amsterdam le font, sans parler des Finnois », balbutia Anne à l'oreille de Bob Ranger.

De nombreuses personnes de l'assistance s'y essayèrent. Des respirations stertoreuses sifflèrent et grondèrent dans toute la salle. Pour un œil non avisé, l'assemblée aurait ressemblé à une classe dissipée en train de faire un pied de nez au maître. *Très imprudent de faire du yoga sans les connaissances suffisantes*, inscrivit Miss Seeton. Plusieurs néophytes commencèrent à se sentir tout drôles. Miss Nuttel, qui avait expiré si fort qu'elle ne parvenait pas à reprendre son souffle, prit une allure voûtée. Mrs. Blaine sortit des sels.

Tandis que l'assemblée pratiquait sa première envolée imaginaire, Miss Seeton laissa vagabonder son attention. Ces turbans enroulés autour de la tête n'étaient vraiment pas faciles à porter. Même sur des cheveux blancs, cette teinte rouge entrelacée de jaune et de pourpre n'était pas très seyante. Ce devait être la parente des Colveden, puisqu'elle était assise avec eux. Nigel était près de sa mère, mais tourné de côté. Il semblait absorbé par quelque chose. Oh ! Ce n'était pas étonnant. C'était cette jeune fille absolument ravissante qui lui avait adressé la parole hier près de la mer.

Tandis que Miss Seeton regardait autour d'elle, assis à côté de l'allée, Foxon ne la perdait pas des yeux. C'était un drôle de boulot, y avait pas à dire. Amener cette vieille bique à cette réunion complètement dingue, la garder à l'œil et surveiller ses réactions... l'inspecteur principal devait avoir perdu le nord. Bien sûr, cet emmerdeur de Brinton était vieux mais quand même, cette petite virée... il devenait franchement sénile. Il baissait. Quant aux réactions de la dame... elle avait pris une ou deux notes. Il se pencha un peu pour lire. Ça voulait rien dire. Lui, il aurait quand même fait mieux ! Et comme elle commençait à s'ennuyer, elle s'était mise à griffonner. Un portrait de l'orateur ? Ça pourrait toujours servir, pensa Foxon. Il vit une tête de chèvre apparaître à grands traits habiles et rapides sur le papier. Non, elle avait laissé tomber, qui l'en blâmerait ? et elle était en train de dessiner des animaux de ferme. Vue de trois quarts, la chèvre avait un œil torve et un regard méchant. En deux coups de crayon, une aile blanche apparut dans les poils noirs, au-dessus de l'oreille, puis un doigt, contre une narine. L'orateur sous les traits d'un bouc ! Eh bien, ça valait le coup ! Foxon éclata de rire. Dans la seconde, il sentit une tape sur l'épaule. Un jeune homme avec un anneau de plastique noir au doigt se tenait devant lui.

— Excusez-moi, monsieur, mais nous ne tolérons pas ce genre d'attitude. Cela dérange les gens dans leur concentration. Si vous voulez bien sortir, monsieur...

— Bien sûr, dit Foxon en se tassant sur sa chaise.

Le jeune homme posa sa main sur le bras de Foxon, au-dessus du coude, et pinça un nerf. La douleur fit bondir Foxon, le souffle coupé. Un second jeune homme avec un anneau noir lui prit l'autre bras et ils lui firent remonter l'allée entre eux. Foxon commença à se débattre. Ils baissèrent sa veste pour lui emprisonner les bras. Son portefeuille tomba par terre. Un troisième jeune homme le récupéra, le feuilleta et le conserva en marchant dans leur sillage. Bob fit mine de se lever puis se rassit. Mieux valait ne pas intervenir. L'Oracle lui ferait la peau, s'il commençait à s'en mêler sans autorisation. C'était Foxon, du CID[1] d'Ashford. Il l'avait reconnu. Qu'est-ce que cet imbécile cherchait, à se faire sonner les cloches comme ça ? Pourquoi il s'était pas battu, tant qu'il y était ? Un sacrément bon bagarreur, ce Foxon, se souvint Bob. Et tous ces gars surgis de nulle part... Bien joué ! Personne n'avait rien vu. Des pros. Le type qui avait pris le portefeuille de Foxon devait le tenir à l'œil. Du beau boulot ! Foxon allait trinquer à son retour au QG. L'air décontracté, Bob parcourut la salle du regard. Oui, quand on faisait attention, on en répérait plusieurs. C'était une arnaque sacrément tordue. Un bon point pour le vieux Brinton. Mais Miss Seeton se

1. *Criminal Investigation Department* : l'équivalent de la police judiciaire. (*N.d.T.*)

retrouvait toute seule, maintenant. Enfin, tout devrait bien se passer, songea Bob. Mais il valait mieux ouvrir l'œil.

Dans la pièce derrière l'estrade, un Majordome vint au rapport.

— C'est l'agent de police Foxon de la division d'Ashford, monsieur, dit-il à l'homme qui s'appelait Duke. Il était assis à côté d'un vieux débris avec un bloc-notes. Il a fait du tapage. On l'a sorti vite fait, épousseté et on lui a présenté nos excuses, mais on lui a dit qu'il devrait attendre sa copine dehors.

— Et le vieux débris avec son calepin ?

— Une femme. Assez âgée, monsieur. L'air inoffensif.

— Bien, fit celui qui s'appelait Duke.

Il lança un regard interrogateur à son compagnon, qui était plus grand. Celui-ci acquiesça.

— Par sécurité, prenez-lui son calepin à la fin de la réunion. Mais pas de violence, hein ! Allez-y doucement. Prenez-le simplement et renseignez-vous sur elle.

— On y va, monsieur.

Le jeune homme salua et se retira.

Pauvre Mr. Foxon. Miss Seeton était curieuse de savoir ce qu'il lui était arrivé. Il avait fait un drôle de bruit et puis un jeune homme lui avait parlé et il s'était levé d'un bond sans un mot et était parti. Certainement quelque chose d'urgent à voir avec la police. Mais comment allait-elle rentrer chez elle, maintenant ? Elle mit son calepin dans son sac qu'elle referma. Enfin, elle avait fait de son mieux. Elle avait essayé d'être attentive. Mais tout cela semblait si... enfin, un peu puéril et, pour être franche, idiot, même si elle se rendait compte qu'il était important pour la police de se renseigner sur tout nouveau mouvement ou religion — si on pouvait appeler cela ainsi — au cas où. Et comme c'était délicat de leur part, d'envoyer quelqu'un comme elle, qu'on ne remarquerait absolument pas dans une telle assemblée et qui ne mettrait pas les organisateurs de la réunion dans l'embarras. En tout cas, il était maintenant parfaitement clair qu'il n'y avait pas lieu de s'inquiéter au sujet de Conscience. Quant à la suggestion de Mr. Brinton, de donner suite et de dire qu'elle souhaitait devenir membre... Elle se rendait compte maintenant qu'il n'avait bien sûr pas dit cela sérieusement, mais que c'était un exemple du sens de l'humour plutôt railleur de Mr. Brinton. Miss Secton sourit en comprenant tardivement la plaisanterie de l'inspecteur principal et reporta son attention sur l'estrade. L'orateur était impressionnant. Grand, avec ce profil, ces cheveux noirs et ces petites ailes blanches sur les côtés, il lui rappelait un peu un acteur. Mais préconiser ces exercices de yoga de la respiration, que visiblement il ne comprenait pas du tout, c'était très imprudent. Cela pouvait faire du mal. Elle ne prétendait pas être une experte, seulement une débutante, et elle n'avait bien sûr pas encore lu les derniers chapitres qui parlent de l'esprit, dans son livre si utile *Rajeunissez de jour en jour grâce au yoga,* mais elle en avait assez lu pour savoir que tout exercice pratiqué trop violemment au début et sans un entraînement approprié pouvait être nuisible. Et voilà qu'il parlait d'astronomie maintenant, en disant que tout le monde — enfin, il parlait d'âme, de force de vie... — venait d'autres planètes. Il avait cité Vénus et Saturne, mais elle n'aurait pu affirmer qu'il n'en avait pas nommé d'autres, qui étaient gardées par des moines et des nonnes de toutes les couleurs. Et chacun venait de là-bas et pouvait y retourner quand il le voulait. Il disait qu'il y était retourné plusieurs fois. C'est-à-dire sur celle qu'il préférait. Mais tout cela paraissait vraiment confus. Parce que si la vie sur ces planètes était si agréable et si bien organisée, Miss Seeton ne parvenait pas à comprendre, enfin pas complètement, pourquoi, dans ce cas, les gens partaient. Des planètes, bien sûr.

Un jeune homme se glissa sur le siège à côté d'elle.

— Votre ami ne se sentait pas très bien, murmura-t-il, il a dit qu'il vous attendait dehors.

Miss Seeton le remercia. Pauvre Mr. Foxon. Finalement, cela n'avait rien à voir avec la police. Irait-il suffisamment bien pour la reconduire chez elle ? Sinon, elle était sûre qu'il trouverait un arrangement. Elle s'adossa à son siège, de nouveau prête à écouter.

L'un des auditeurs s'était glissé sur le siège libre près de Miss Seeton. C'était pas bon, ça. Bob se tourna vers Anne pour lui murmurer quelque chose à l'oreille.

Sur l'estrade, la péroraison touchait à sa fin.

— Je ne vous demande pas de vous joindre à nous. Je ne vous supplie pas de le faire. Je ne peux que vous implorer de vous sauver, de vous joindre à nous pour vous libérer ; comme un Autre vous a proposé une fois le salut, je le fais maintenant : que nous, véritables croyants dans la foi chrétienne et dans Conscience, nous ayons l'honneur de vous guider du crépuscule actuel où l'homme régresse, vers la libération et la rédemption de l'humanité. Amen.

Après un instant de silence respectueux, l'audience applaudit à tout rompre. Miss Seeton se dit qu'elle allait s'éclipser rapidement pour voir comment allait Mr. Foxon. Mais le jeune homme sur la chaise près de l'allée applaudissait fort, et il paraissait si enthousiaste qu'elle n'avait pas envie de lui dire « excusez-moi » ou de passer par-dessus lui, de crainte de paraître mal élevée. Finalement, après avoir salué une dernière fois, l'orateur se retira. Le public se leva et déferla vers la sortie. Miss Seeton rejoignit l'allée et se mêla au flot qui se dirigeait vers la porte principale à l'arrière. Quelqu'un la heurta par-derrière et agrippa la poignée de son sac en tombant. Miss Seeton perdit l'équilibre, tendit son bras pour se récupérer, donna un coup avec la poignée de son parapluie sur le nez du jeune homme qui craqua. Il poussa un glapissement, des larmes jaillirent de ses yeux et il lâcha prise.

— Oh, mon Dieu ! mon Dieu ! fit Miss Seeton, je suis absolument désolée. Pardonnez-moi. J'espère que je ne vous ai pas fait mal.

Mais elle n'eut pas le temps d'en dire davantage. Elle fut emportée par la foule. Elle n'avait pas remarqué qu'il y avait tant de jeunes gens à la réunion. Elle sembla soudain entourée de jeunes hommes. Au moins trois ou quatre. Elle fut bousculée et sentit à nouveau qu'on tirait sur son sac. C'était si difficile, dans cette foule ! Elle allait mettre son sac à l'autre bras, pour plus de sécurité. Elle était en train de changer son parapluie de main lorsqu'on la heurta de l'autre côté. Telle une lance, la pointe de son parapluie atteignit le jeune homme à sa gauche. Il poussa un cri de douleur, lâcha son sac et se plia en deux.

— Oh ! je suis horriblement confuse. On m'a poussée, dit Miss Seeton. Il va finir par y avoir un accident avec toute cette bousculade.

— Bonjour, tante Em ! fit une voix tonitruante.

Les trois jeunes hommes toujours agglutinés autour de Miss Seeton se retournèrent, effarés. Un géant au sourire épanoui fonçait vers eux. Ils restèrent en arrière, indécis. Une petite fille insignifiante au visage amusant se précipita.

— Tante Em ! s'écria Anne en enlaçant Miss Seeton qu'elle embrassa. Appelez-le Bob, chuchota-t-elle. Quel plaisir de te voir ! On avait bien pensé que c'était toi, d'où on était. On s'est faufilés au fond. On n'était jamais venus à ces réunions. C'est formidable, non ? On était tellement étonnés de te voir là, mais c'est le genre de chose qui t'a toujours intéressée, non ? J'ai trouvé l'orateur magnifique, pas toi ?

Bob les rejoignit, se courba et embrassa Miss Seeton sur la joue. Elle rougit.

— Faites semblant, lui murmura-t-il à l'oreille.

Faire semblant ? Bien sûr. Mais faire semblant de quoi ? se demanda Miss Seeton, qui essaya pourtant. Ils l'avaient appelé « tante », alors... Elle sourit.

— Chers... euh... chers Bob et Anne, fit-elle en tapotant la main de la jeune fille. Quelle surprise agréable ! Et comment vont les enfants ? demanda-t-elle gaiement.

Ce fut au tour de Bob de rougir. Anne éclata de rire. C'était vraiment vilain, de la part de Miss Seeton, de leur en attribuer plus d'un avant qu'ils soient mariés. Sir George Colveden se joignit à eux.

— Bonjour, monsieur, dit rapidement Bob. Vous avez déjà rencontré ma tante, n'est-ce pas ? Tante Em. Et Anne, bien entendu, que vous connaissez déjà.

— Sûr, acquiesça sir George, en leur serrant la main. Ravi de vous voir.

Sa tante ? Il s'était bien rendu compte que les choses ne tournaient pas rond, mais impossible de faire une reconnaissance correcte dans ces conditions, avec tous ces satanés gens, et, même en poussant, il n'avait pas pu arriver assez vite.

— Je vous ai aperçue quand on est arrivés, dit-il à Miss Seeton, et je me demandais si vous voudriez qu'on vous raccompagne chez vous.

— Comme c'est gentil de votre part, sir George ! Quelle charmante attention ! Mais je ne crois pas que ce sera nécessaire, vous savez, je suis venue avec...

— Nous, l'interrompit Bob. C'est drôlement sympa de votre part, monsieur, mais on va reconduire tante Em chez elle. Vous savez, Anne est si menue qu'on a de la place.

Il s'imagina tous les trois entassés dans la petite voiture d'Anne et espéra qu'elle le lui pardonnerait.

Les trois jeunes hommes qui se tenaient à côté d'eux les observaient, les écoutaient, et les suivirent jusqu'à l'entrée principale, sans perdre une miette de ce qu'ils disaient ; ils étudièrent les réactions de Foxon, qui se tenait près de la table où une jeune fille, devant une pile de brochures, de formulaires et de livres, vendait des exemplaires de *Au-delà de l'au-delà* et donnait des ballons rouges en forme d'astronaute. Ils virent Miss Seeton hésiter en apercevant Foxon, et Bob qui lui fit franchir les portes avec empressement. Dehors, ils regardèrent sir George partir avec sa femme, son fils et Mrs. Trenthome, et, plus tard, Foxon, inconsolable, qui s'éloignait en voiture, seul au volant d'une vieille berline de couleur foncée avec doubles rétroviseurs et une antenne immense.

CHAPITRE VI

Le commissaire Delphick se prélassait, le sergent Ranger était assis et l'agent de police Foxon debout, dans le bureau de l'inspecteur principal Brinton.

Brinton lança un regard furieux à son subordonné.

— Bien, vous avez eu le temps de vous trouver six bonnes raisons pour avoir tout foutu en l'air. On vous écoute.

— Je n'ai aucune excuse, répondit Foxon, rouge de confusion.

— Hum ! fit Brinton. C'est nouveau, ça. Bon, d'accord, racontez-nous à votre façon ce qu'il s'est passé et pas dans le jargon officiel, ajouta-t-il comme Foxon ouvrait la bouche pour parler. Je ne veux pas de : « J'étais en train de procéder à... » Non. Faites travailler votre imagination et essayez de faire comme si vous étiez un être humain avant de tout nous raconter.

Ce que fit Foxon. Tout allait bien, lors de la conférence, jusqu'à ce qu'il éclate de rire. Même là, les choses auraient pu s'arranger. Mais il n'avait pu s'expliquer qu'après, et ils lui dirent qu'ils étaient désolés, mais que rire tout fort à l'une de leurs réunions, c'était comme si on riait à l'église, et qu'ils ne pouvaient pas le tolérer, cela dérangeait la congrégation — c'est comme ça qu'ils appelaient l'auditoire. Ils avaient insisté en se disant certains qu'il n'avait pas compris et leur vœu était qu'il ne leur en garderait pas rancune. Ils s'étaient montrés très corrects — après, commenta Foxon. Et puis ils lui avaient demandé si cela ne l'ennuyait pas d'attendre son amie dehors. Pour le reste, il n'y avait que ce vieux type sur l'estrade, qui débitait pas mal de conneries...

Foxon hésita.

— Enfin, je veux dire, monsieur, que c'était...

— Des conneries, dit Brinton.

Foxon reprit confiance.

— Eh bien, il était là, en train de raconter ses foutaises et Miss Seeton prenait des notes. J'y ai jeté un coup d'œil, mais ça avait pas l'air de vouloir dire grand-chose, jusqu'à ce qu'elle fasse le dessin. Et puis là, tout d'un coup, les notes sont devenues super drôles aussi.

— Pas la peine d'insister là-dessus, fit Brinton. On a son calepin.

Delphick se redressa.

— Attendez. Ce dessin, bien sûr, je l'ai vu, mais dites-moi comment elle l'a fait précisément.

Foxon se retourna, surpris.

— C'est drôle que vous demandiez ça, monsieur. Elle a rien fait, si vous voyez ce que je veux dire.

Delphick fit un signe de tête pour l'encourager.

— Je veux dire que le vieux fossile sur son estrade, eh ben, il les faisait respirer comme des imbéciles et... et elle, elle a eu l'air de s'ennuyer, alors elle a commencé à regarder autour d'elle. Et puis, en un clin d'œil, elle s'est mise à gribouiller, sans faire attention, si vous voyez ce que je veux dire, comme ces caricaturistes qu'on voit parfois sur la jetée. J'y ai d'abord rien vu, juste une chèvre. Et puis... tout d'un coup, dit-il en traçant deux grands traits dans l'air, j'ai vu le vieux qui parlait, et puis, l'un dans l'autre, avec ce qu'elle avait écrit... je suis désolé, c'était plus fort que moi, monsieur.

Delphick hocha de nouveau la tête d'un air satisfait. Brinton poussa un grognement et réexamina le croquis de Miss Seeton posé sur son bureau.

— Cela aurait certainement été plus fort que moi aussi, reconnut-il.

— Et puis, poursuivit Foxon, l'un des types m'a touché l'épaule et m'a dit de décamper. J'ai dit non. Il m'a attrapé par le bras, juste là, fit-il en indiquant l'endroit, et il a appuyé. Je ne sais pas ce qu'il a fait exactement, ça devait être un nerf. Tout a explosé autour de moi et je pouvais plus parler. Et puis deux types m'ont sorti de force. Je me suis débattu, mais ils m'ont fait le coup de la veste. Je pouvais rien faire en dehors de crier au meurtre, mais je crois pas que c'est ce que vous vouliez, monsieur, dit-il en regardant son chef avec un air d'excuse.

— Non, concéda Brinton en dévisageant Foxon, mais par pitié, asseyez-vous, mon garçon ! Si vous continuez à vous comporter comme si vous étiez sur la sellette et à danser d'un pied sur l'autre, vous allez finir par trouer la moquette.

Heureusement, Foxon s'affaissa sur une chaise contre le mur.

Delphick se pencha pour prendre le carnet de Miss Seeton et examina le dessin.

— C'est ressemblant ? demanda-t-il.

— Euh... non, dut admettre Foxon. Pas vraiment, monsieur, mais c'est quand même lui et c'est son air.

Ça lui va comme un gant, sauf que dans le portrait qu'elle a fait, il est rigolo, dit-il après coup.

Delphick sortit une photographie, un duplicata de portrait fait en studio, et compara les deux.

— La ressemblance n'est pas évidente. Je me demande s'il n'y a pas autre chose derrière cette histoire de chèvre.

— Non, fit Brinton d'un ton catégorique. La vieille dame l'a imaginé en chèvre, ce qu'il semble bien être. Elle a dessiné ce qu'elle a vu, c'est tout.

Ce qu'elle a vu... Delphick réfléchit. Mel Forby, une journaliste, lui avait fait une fois remarquer qu'en général, en tant qu'artiste, Miss Seeton était appliquée, minutieuse et mauvaise, mais que, parfois, quand inconsciemment elle laissait sa main guider son esprit, elle pouvait être brillante. Aussi brillante dans son intuition que dans son coup de crayon. Il mit le dessin de côté et s'adressa à son sergent.

— Et vous, Bob, qu'est-ce que vous déduisez de ce que vous avez vu ?

— Pas grand-chose, monsieur. Sauf que je suis d'accord avec Foxon. C'est des pros. La façon dont ils lui ont sauté sur le paletot et piqué le portefeuille, avec le type derrière qui l'a pris et fouillé avant de le lui rendre, ça a été rondement mené. Du beau boulot. Ils ont fait les choses comme des professionnels, monsieur. Je suis sûr que presque personne ne s'est aperçu de son départ et je jurerais que personne n'a remarqué qu'ils l'ont vidé. Mais ils étaient nombreux. Des jeunes durs, dispersés dans la salle. Ah oui ! dit-il soudain, et puis ils portaient tous une bague noire au majeur de la main droite et... c'est vraiment tout, monsieur.

— Vraiment tout ? répéta Delphick d'un air innocent. J'ai cru comprendre que vous aviez donné dans le théâtre amateur à la fin.

Bob devint écarlate.

— C'est-à-dire que... ça commençait à sentir le roussi, monsieur. Ça m'a déjà pas plu quand l'un des loubards a pris le siège à côté de Miss Seeton, mais après, quand ils ont commencé à se grouper autour d'elle, ça m'a paru vraiment louche. C'était assez difficile d'y voir par-dessus les gens, mais d'après ce que j'ai vu, elle s'est retournée et elle en a frappé un au visage avec son parapluie, et elle s'est redressée et a fichu un coup à un autre dans le... enfin, elle l'a pas loupé, monsieur. Avec son parapluie, ajouta-t-il. Alors j'ai pensé que c'était le moment de mettre mon grain de sel.

Delphick, qui tenait déjà l'histoire de sir George, resta imperturbable.

— Et vous l'avez donc adoptée comme membre de votre famille, ou est-elle, après tout, votre chère tante Em et vous me l'auriez caché ?

— Oui, monsieur. Euh... je veux dire non, monsieur. Oui, c'est ce que j'ai fait, mais je... non, elle ne l'est pas, monsieur.

— Ce que vous me dites est clair comme de l'eau de roche, fit Delphick. Et comment Miss Seeton a-t-elle pris cette petite comédie ?

— Oh ! très bien, monsieur.

Tout à coup, Bob se sentit plus à l'aise. Il y avait quelque chose, là. Après tout, l'Oracle lui avait bien dit un jour que Miss Seeton était une sorte de tante universelle. Et sur le chemin du retour, dans la voiture, avec Anne qui continuait à l'appeler tante et à rire, Miss Seeton que ça ne semblait pas gêner, du moins en apparence, et lui qui continuait à jouer le jeu... oui, c'était plus facile de se débrouiller avec elle.

Il n'était pas en train de dire qu'elle n'était pas un peu à côté de la plaque, non, elle l'était. Et la moitié de ce qu'elle faisait aussi. Mais beaucoup de gens ont une tante excentrique et, en tant que tante, c'était... enfin, c'était plus facile. Dommage qu'elle se soit enrôlée dans la police. Ça, c'était vraiment le pompon. Mais, en un sens, dans la peau d'une tante, elle avait l'air différente, plus... plus authentique, peut-être, songea Bob, qui décida de la considérer comme une tante.

Le commissaire interrompit ses réflexions.

— Ces hommes sont restés dans les parages, pendant que vous jouiez aux retrouvailles ?

— Oui, monsieur, et ils étaient aussi sur les marches, dehors, quand on est partis en voiture.

Delphick fronça les sourcils.

— Alors votre couverture et celle de Foxon sont fichues, mais le pire, c'est celle de Miss Seeton. Vous m'avez dit que, d'après vous, ils en avaient après son sac ?

— Je crois que oui, monsieur. Dans la voiture, elle semblait croire que c'était des gens qui la poussaient sans le vouloir, mais elle a dit qu'elle a failli perdre son sac deux fois.

— Ils voulaient certainement voir ses notes.

— Ça leur aurait fait une belle jambe ! s'exclama Brinton.

— Mais ils ne sont pas censés le savoir, fit remarquer Delphick. Il va falloir garder l'œil sur tout ce qui la touche de près. Ils ont l'air d'avoir une équipe de durs, d'après ce que vous dites, même s'ils ont l'art et la manière.

Il reposa le croquis de Miss Seeton sur le bureau. Brinton l'examina.

— Ah, oui ! au fait, qu'est-ce que c'est, cette

histoire de yoga et de respiration ? Qu'est-ce qu'elle en sait ?

Delphick servit d'interprète. Miss Seeton s'était mise depuis quelque temps au yoga, vanté par la publicité pour remédier à une certaine raideur dans les articulations.

— Tu veux dire qu'elle se met sur la tête et ce genre de truc ? demanda Brinton. Ça m'étonne pas qu'elle fasse des choses bizarres, ça ramollit le cerveau.

— J'ai des informations sur Conscience, peu de chose, dit Delphick en lui tendant la photographie. C'est celui qu'on appelle le Maître. J'en ai fait faire plusieurs copies. Hilary Evelyn, quarante-six ans, un acteur à la petite semaine. Il n'a pas mis un pied sur la scène depuis deux ans. Pas de revenus personnels d'après ce qu'on a pu vérifier, mais il a l'air plein aux as, d'où j'en déduis que Conscience doit lui rapporter pas mal. D'après ses anciens collègues, c'est un bon acteur, mais sur lequel on ne peut pas compter parce qu'il boit. Pas très intelligent et coureur de jupons. J'imagine qu'il n'est qu'un homme de paille. Il pourrait être le maillon faible. Je n'arrive pas à avoir de tuyau sur celui qui est derrière Conscience. Personne ne veut se mouiller. Le seul nom qu'on a déniché, c'est Duke, ou *le* Duke [1]. Je ne sais pas lequel des deux, ni qui c'est. La dernière fois que la police a entendu parler de Conscience, c'était en Écosse, dans les Trossachs, au nord de Glasgow. Beaucoup de rumeurs sur la fin du monde. Deux ou trois cents personnes attroupées dans une cave pour y assister. Quand ils sont finalement ressortis, quelqu'un a

1. Le Duc. (*N.d.T.*)

déposé une plainte en disant que les gens avaient été dévalisés. La plainte a été retirée ou, plutôt, l'homme est mort et sa femme a dit que c'était une erreur. Les gars de Glasgow ont fait une enquête, mais impossible de prouver que ce n'était pas un suicide. Il avait menacé plusieurs fois de se tuer, selon le seul témoignage de sa femme, et les choses en sont restées là. Tout ça a l'air très louche. J'ai demandé à Glasgow de me communiquer ce qu'ils ont dans leur dossier et tous les détails ou rumeurs dont les gens se souviendraient. J'ai aussi bavardé avec sir George, qui s'inquiète au sujet d'une lointaine cousine à lui, une certaine Mrs. Trenthorne, qu'ils appellent Tantâne. Son fils Basil, dont sir George ne veut pas chez lui, l'a branchée sur Conscience. Elle a craché un bon paquet pour que le garçon devienne un Béjaune et elle une Sérénissime, qui sont selon sir George les noms les plus mal appropriés du monde. Sa Sérénité lui a coûté rien de moins que cinq mille livres. C'est incroyable ce que les gens sont prêts à faire pour s'assurer une âme immortelle ! Le fils a ensuite été nommé Trompettiste. Mon Dieu ! Quels noms ! Probablement pour le récompenser d'avoir enrôlé sa maman. Je me suis renseigné sur Maître Basil. C'est un petit gars tout à fait pour nous. A vingt ans, il a pratiquement fait tout ce qu'on peut rêver de malhonnête depuis qu'il n'est plus au berceau. Sa mère paie pour le sortir du pétrin depuis qu'il a dix ans, et il a terminé son éducation dans une école spécialisée. Sir George pense que le petit Basil les aide à plumer sa mère tant qu'ils — avec lui — le peuvent. Apparemment, elle a laissé échapper quelque chose concernant un Lieu Secret, mais elle l'a bouclée et a nié quand il lui a posé des questions. Les Colveden et leur Tantâne ont eu une prise de bec après l'arnaque de Maidstone et elle est partie en rogne dans un hôtel à Rye, tandis que son fils est toujours à Maidstone.

— Bien, pour résumer, on pensait que c'était des escrocs, maintenant, on le sait. Mais sans aucune preuve, comme d'habitude. De leur côté ils savent qu'on s'intéresse à eux. Ce qui fait qu'ils en savent plus que nous, comme d'habitude. Et nous, on va attendre, comme d'habitude, qu'ils dépassent les bornes. Puisqu'on peut plus fourrer Miss Seeton dans leur Conscience maintenant, bien qu'elle ait fait bouger les choses et qu'elle nous ait branchés avec les gardes du corps... Tiens, voilà autre chose, dit-il en prenant une feuille sur son bureau. Elle pourrait y jeter un coup d'œil. C'est sa tasse de thé, les trucs qui surgissent de la nuit. Tu m'as dit une fois que ton DA pense que c'est un catalyseur de crimes. Ça me va. Je suis d'accord avec sir Hubert. Puisqu'elle s'est sortie toute seule de Conscience, on a qu'à la coller sur cette affaire de sorcellerie. C'est le rapport de Potter, dit-il en agitant la feuille de papier. Il raconte que Plummergen a perdu la tête. Des voyous ont vu des lumières dans l'église d'Iverhurst, la nuit. L'endroit n'est plus utilisé et tombe en ruine, alors ça leur a foutu la trouille. Après la frousse de Malebury, ils voient de la magie noire partout. Il y a peut-être quelque chose là-dedans. C'est dans le cimetière d'Iverhurst que Potter a trouvé ses bouts de vache cramée. Il est allé y jeter un coup d'œil et il a trouvé d'autres traces de feu. Il pense qu'il s'y passe des choses, poursuivit-il en regardant son papier. Il appelle ça des faits possibles. Dans l'église même. Ça pourrait être un vagabond, des touristes, des amoureux ou n'importe qui, mais Potter propose que nous fouillions le bois. Non, mais qu'est-ce qu'il croit que j'ai ? Une armée ? Le bois est derrière l'église et arrive jusqu'au cimetière.

Je pense que je peux mettre deux hommes dessus, pour surveiller, mais ils peuvent y passer des semaines sans que quelque chose se produise. Je préférerais d'abord savoir ce qu'on doit surveiller. Quoique... si on y poste Miss Seeton une nuit, avec ses PES[1] et tout le reste de l'alphabet, elle en sortira peut-être un crobar qui nous donnera une piste. De toute façon, maintenant qu'elle fait partie du personnel, vaut mieux l'employer à quelque chose. Au pire, ajouta-t-il en rangeant la feuille dans un dossier qu'il referma, elle allumera peut-être un feu à sa façon et réduira en cendres cette satanée église, ce qui mettrait un point final à l'affaire.

Delphick n'avait pas l'air convaincu.

— Tu en demandes un peu trop, Chris. Je ne crois pas qu'elle sache quoi que ce soit sur la sorcellerie.

— Alors il est grand temps qu'elle s'y mette, répliqua Brinton. Selon ce que dit Potter là-dedans, fit-il en tapotant le dossier, la moitié de Plummergen l'a cataloguée comme si elle était la sorcière d'Endor. Ils y ont même mêlé le receveur, qui tiendrait une boutique d'articles de sorcellerie.

Delphick n'aimait pas ça.

— PES ou non, Chris — et n'oublie pas qu'elle ne reconnaîtrait pas une perception extrasensorielle si elle tombait dessus en pleine rue —, Miss Seeton n'est pas médium, elle n'entre pas en transe. Je ne vois pas quel genre de dessin tu veux lui faire faire, à rester assise dans une église déserte et à y attraper froid. Il ne se passera rien. Essaie de lui faire dessiner quelque chose à la lumière du jour, on y verra peut-être plus clair.

1. Perceptions extrasensorielles. (*N.d.T.*)

Mais Brinton était têtu.

— Non, Oracle, je veux qu'elle y aille de nuit. Qu'elle sente l'atmosphère de l'endroit dans les mêmes conditions. J'ai vu l'église de jour, quand j'ai examiné les morceaux de vache, et ça ne ressemble à rien, mais, de nuit, je l'imaginerais bien hantée.

Delphick n'était pas plus convaincu, mais il céda. Après tout, cette affaire de sorcellerie ne le regardait pas. L'inspecteur principal regarda Foxon.

— Vous allez vous rendre à Plummergen et vous arranger pour que Miss Seeton aille à l'église de nuit. Débrouillez-vous pour que ce soit en début de semaine.

— Bien, monsieur, dit Foxon en se levant.

— Et ne vous cassez pas la figure, cette fois-ci. Ne démolissez pas l'église et n'attrapez pas de fou rire.

Une fois Foxon parti, Delphick resta assis, l'air songeur. Comme il se l'était promis, il s'était renseigné sur la sorcellerie. Il était aussi sensible au fait qu'il était en grande partie responsable d'avoir entraîné Miss Seeton dans sa nouvelle carrière et il reconnaissait son aptitude à attirer les ennuis. Quelque chose le titillait. Le croquis de Miss Seeton. Cette chèvre. Pourquoi avait-elle dessiné une chèvre ? Ou un bouc ? Ces caricatures rapides qu'elle faisait à grands coups de crayon avaient souvent un sens qu'elle ignorait elle-même. Il y avait quelque chose avec la chèvre... Mais oui, bien sûr ! la sorcellerie ! Historiquement, d'après ce qu'il avait lu sur le sujet, le bouc symbolisait souvent le Diable. Mais d'après ses souvenirs, le bouc se limitait essentiellement à la France et ne concernait certainement pas l'Angleterre. Cela ne voulait pas dire pour autant que les cultes les plus récents ne l'avaient pas adopté comme déguisement, pour frapper les esprits. Plusieurs tableaux célèbres de sabbats représentaient aussi le bouc. Non... c'était peut-être un peu tiré par les cheveux. En tout cas, il n'y avait aucun lien avec Conscience. Delphick se leva et se mit à arpenter le bureau.

— Ce dont on a besoin pour aller plus loin avec Conscience, Chris, c'est d'éléments de base. J'ai pensé en toucher deux mots à Mrs. Trenthorne, mais d'après ce que sir George m'a dit, c'est une folle et une bigote, ce qui veut dire que ça ne me mènerait à rien. Elle passerait son temps à jacasser et tout ce qu'on réussirait à faire, c'est lui mettre la puce à l'oreille, et je n'ai pas envie que son fiston vende la mèche. Il y a beaucoup d'argent derrière Conscience, ce qui veut dire qu'on doit y aller sur la pointe des pieds. Tout ce que Glasgow a révélé, c'est qu'ils avaient entendu des rumeurs de sorcellerie et de réunion de sorcières à peu près à l'époque où la plainte contre Conscience a été déposée. Y a-t-il un lien entre les deux ? Et si oui, comment ? Ils sont radicalement opposés. Ce n'est pas la peine d'envoyer un type à Glasgow pour qu'il aille y fureter. Ça fait trop longtemps et toutes les traces sont effacées, maintenant. Les gars de là-haut feront du meilleur boulot. Cette affaire les concerne, après tout, et maintenant qu'ils ont des raisons de fouiner, bien que ce soit de l'histoire ancienne, il se pourrait qu'ils découvrent quelque chose. Et c'est bien ça qui m'embête : les éléments de base et l'histoire. J'ai l'impression que la réponse est là : dans l'histoire. Je ne vois pas comment c'est possible, mais... ne ris pas ! dit-il en se tournant vers Brinton. Du point de vue historique, la chèvre qu'a dessinée Miss Seeton pourrait, en faisant un effort d'imagination, être liée à la sorcellerie.

— En faisant un gros effort, alors... fit Brinton.

— Bien, bien, dit Delphick avec impatience. J'ai dit que ça allait loin, mais j'ai plus que toi l'expérience des trucs bizarres qu'elle dessine. Je sens... je sens que la réponse devrait être là. Si on pouvait trouver un lien... N'y aurait-il pas, d'une façon ou d'une autre, quelque part dans leur histoire, un élément qui établisse un lien entre la sorcellerie et Conscience ?

CHAPITRE VII

Le lien que le commissaire recherchait avait été conçu en Écosse, environ deux ans auparavant, lors de la rencontre entre deux hommes d'affaires. Tous deux étaient pasteurs et tous deux avaient pris le christianisme comme base de leurs cultes respectifs, sur le principe bien fondé que, puisque le christianisme avait joui d'un succès raisonnable, il devrait donner à une entreprise des fondations solides à partir desquelles adapter et improviser — outre qu'il offrait un auditoire déjà préparé et disposé à en écouter la réfutation ou l'interprétation libre, selon sa préférence personnelle.

L'un des deux hommes niait la doctrine chrétienne, inversait son enseignement, tournait en dérision le Bien, et célébrait le Mal en soutenant que la Vraie Foi ne pouvait jaillir que des Ténèbres. L'autre professait l'acceptation du credo chrétien, mais l'élargissait et prétendait le parfaire en prêchant que la Vraie Foi descendait uniquement de l'Au-Dessus, des étoiles.

L'un glorifiait le Péché comme mode de vie, l'accès à un paradis en Damnation après la mort. L'autre, plus subtilement, admettait que le péché était inévitable, assurait que, sans péché, il ne pouvait y avoir de rédemption et considérait que le Bonheur Céleste se trouvait pour tout homme sur la planète de son choix.

Réfutant le christianisme, l'un adopta la forme pervertie d'une ancienne religion qui eut son heure de gloire, et qui, sous les insultes et les dénonciations des premiers chrétiens, fut connue sous le nom de satanisme. L'autre, embrassant le christianisme, l'adapta à une nouvelle religion : Conscience.

Divergents dans leur approche, ces deux hommes avaient deux choses en commun, la méthode et le but : gruger les crédules et gagner de l'argent.

Par coïncidence, ou, pour être plus exact, par l'effet de leur profession, aucun des deux hommes n'avait de nom. Chacun, au cours des années, s'était servi de plusieurs pseudonymes et un nom ne signifiait plus rien pour eux. L'un était de taille moyenne, robuste, et passait inaperçu. Par crainte, peut-être, de perdre son identité dans son monde fluctuant, il était connu sous le nom de Duke. L'autre, grand, sombre et mélancolique, n'avait pas de titre permanent dans son monde inerte. Une fois, alors qu'il vérifiait une référence dans *Le Livre du rituel anglican,* un collègue avait insisté pour qu'il prenne un nom. L'homme s'était tourné vers le service de confirmation et, devant le choix restreint, il avait opté pour N. Et N il resta.

Duke avait choisi l'Enfer comme terrain de chasse. Après avoir étudié le sujet, il avait organisé des sabbats dans plusieurs endroits des îles Britanniques, en attirant les amateurs de plaisir et de sensations fortes avec les cérémonies les plus atroces et les fantaisies les plus érotiques. Mais il désapprouvait les sacrifices humains, qui ne rapportaient rien. Quant au meurtre, s'il le conseillait parfois, il ne devait servir qu'à sa convenance personnelle. Il insistait pour que tous les membres qui assistaient aux réunions soient masqués. Les hommes portaient le masque de l'animal de leur choix et les femmes un masque noir. La règle voulait que si les membres devaient ôter quelque chose durant les cérémonies — après le sabbat, au cours de la danse et de l'orgie qui s'ensuivaient, il était fréquent qu'ils enlèvent tout —, en aucun cas ils ne devaient ôter leur masque. Lors de l'initiation, on expliquait aux membres que c'était pour leur propre protection. Aucun membre ne pouvait en identifier un autre. De même, en cas de problème, aucun membre ne pourrait essayer d'en faire chanter un autre. Dès le début, Duke avait décidé que les à-côtés fournis par le chantage lui seraient strictement réservés. Son physique était banal pour jouer le rôle du Malin dans ces saturnales, aussi, pour y remédier, il avait choisi une longue robe droite noire et le masque de la traditionnelle tête de chèvre qu'on portait en France. Il prospérait modestement, laissant chaque groupe de sorciers et de sorcières sous la responsabilité d'un lieutenant, ou sous-diable, durant ses absences. Les cotisations des membres étaient raisonnables et les prélèvements sur les membres qu'il valait la peine de faire chanter n'étaient pas excessifs. Duke préférait la sécurité d'un revenu provenant de petites sommes versées par un grand nombre de gens, au danger d'exiger des montants trop importants d'un petit nombre. Chaque groupe avait un noyau de treize personnes, qui, avec le lieutenant à leur tête, étaient libres de recruter autant de disciples qu'ils voulaient, en prenant les précautions d'usage. Les règles étaient peu nombreuses, mais strictes. Tout nouveau membre renonçait à ses erreurs de croyance passées, se dévouait au Diable corps et âme et lui obéissait en toutes choses. Le serment lui-même était simple : une main était placée au sommet de la tête, l'autre sous la plante d'un pied et tout ce qui se trouvait entre les deux mains était voué au nouveau Maître. Un engagement formel par écrit était signé. Ces documents avaient été la seule mise de fonds de Duke, qui les avait fait imprimer sur parchemin. Rédigés et orthographiés en vieil anglais, ils soulignaient la libre volonté et le consentement du candidat. Toutefois, Duke s'était dit que, dans ces temps modernes et décadents, la tradition de couper le doigt du novice pour qu'il signe avec son sang ne serait pas très bien vue. Il avait donc mélangé de l'encre rouge avec un peu de bleue, et l'avait épaissie légèrement en y ajoutant de la maïzena ; puis il l'avait versée dans des fioles bouchées, la dénommant Sang de Taureau. Il conservait les documents ainsi signés. Les dépenses courantes de Duke étaient exactement cela : courir le monde, voyager. Il n'avait pas de salaires à payer. Les membres travaillaient pour le plaisir. Ils fournissaient leurs propres chandelles noires, les nappes d'autel noires, les crucifix renversés ou tous autres ornements qui leur chantaient. Ils achetaient leurs propres livres, faisaient eux-mêmes leurs recherches, apportaient leur nourriture et leurs boissons aux sabbats, essayaient leurs propres formules magiques, apprenaient des incantations, et si leur imagination dépassait les limites, un brusque rappel à l'ordre de la part de Duke à l'occasion d'une visite les remettait dans le droit chemin. Il avait commencé ces réunions en Écosse, terre d'élection des sorcières, selon la tradition, et c'était lors d'un séjour à Glasgow qu'il avait rencontré N.

Comme Duke, N avait lu des livres et étudié le sujet qu'il avait choisi. Il avait exploré toutes les stupidités qui étaient apparues au cours des ans au nom de telle ou telle religion, et constaté que le moteur de ces sectes était la croyance que chacun pouvait acheter son salut comptant. Il avait choisi comme prototype un évangile introduit par un homme qui avait prospéré en donnant des conférences pendant une courte période dans le West End de Londres, environ trente ans auparavant, et dont les livres se vendaient toujours bien en Amérique et un peu en Grande-Bretagne. Le baragouin éhonté de ces sermons avait séduit son esprit cynique. Il fallait seulement les pomponner un peu, pour qu'ils conviennent à son objectif, la ruse essentielle et nécessaire étant de valoriser l'éternel attrape-nigaud qui marchait toujours : le chemin de la rédemption passe par le péché. N avait saisi que rien n'attirait la clientèle comme la liberté de pécher... délicatement. Ses envoyés n'avaient fait que confirmer sa conviction selon laquelle les gens avaient besoin d'un homme autoritaire, prêt à leur dire ce qu'il fallait faire — et plus cela était absurde, mieux c'était —, à leur indiquer des directions, des règles et des punitions précises, réclamaient un insigne pour leur faire sentir qu'ils appartenaient à une fraternité, et appelaient la certitude qu'eux-mêmes étaient des gens bien et que peu importait les autres. A condition que tous ces ingrédients soient bien mélangés et bien présentés, il n'y avait presque aucune limite à ce que les gens pouvaient croire et, le plus important, aucune limite à ce qu'ils pouvaient alors payer. C'est ainsi que naquit Conscience.

Si on souhaitait organiser un sabbat à Glasgow, les Trossachs étaient un endroit incontournable. Tous les éléments traditionnels y étaient réunis : l'eau, les arbres, les rochers. Duke appréciait particulièrement les deux derniers éléments. Les arbres aidaient à la dissimulation et des rochers assez gros faisaient pour lui une plate-forme d'où diriger et pour les autres un endroit commode autour duquel danser. Il n'avait personnellement jamais vu la nécessité de la proximité de l'eau puisqu'elle n'avait pas sa place dans les cérémonies et, malgré toutes ses lectures, il n'avait jamais compris que les anciens rites de la fertilité s'appliquaient essentiellement à la terre, pas aux êtres humains. Enfin, les Trossachs étaient à une distance convenable de la ville : assez loin pour éviter l'intrusion des autorités et suffisamment proches pour être facilement accessibles en voiture.

Dans le cas de N, le théâtre de ses opérations se trouvait au centre-ville. Il lui fallait louer une grande salle et faire de la publicité. Dès le début, il avait endossé le titre de Maître et il avait choisi le nom de Conscience pour sa doctrine, parce qu'il était sensible aux associations d'idées que cela ne manquerait pas d'entraîner et qu'un jeu de mots facile servirait de publicité. Il avait décidé d'essayer une nouvelle idée. Toutes les religions de pointe, depuis le christianisme, avaient régulièrement prophétisé la fin du monde. Il ne voyait pas pourquoi la sienne devrait être en reste, pas plus qu'il ne voyait d'objection à concocter une fin du monde, pourvu qu'elle serve ses fins personnelles. Il avait vu comment, à peu de frais, réaliser son projet. Tout ce dont il avait besoin, c'était une caverne. Il parcourut la région et finit par découvrir ce qu'il voulait dans les Trossachs. Il avait fait courir le bruit, parmi ses adhérents, que la Fin du Monde était proche. Mais il n'en révélerait davantage que lors de sa prochaine conférence. Même lui fut étonné de l'enthousiasme que la rumeur avait soulevé. De toute évidence, les êtres humains accueilleraient toujours bien l'idée d'une destruction totale, et cela avec d'autant plus d'ardeur qu'eux-mêmes recevaient l'assurance d'y échapper. N avait rempli la caverne d'un stock impressionnant de provisions et donné sa conférence, en informant la congrégation qu'avec de prudents calculs il pouvait maintenant leur communiquer la date exacte d'Armageddon. La Fin du Monde était pour dans une semaine. Avec ses plus fidèles et fervents disciples, il prit ses dispositions pour qu'ils se retirent dans un Lieu Secret et prennent avec eux tous les objets de valeur qu'ils pouvaient emporter, afin d'attendre l'événement. Comme il s'y était attendu, la plupart arrivèrent avec argent et bijoux. Depuis l'enfance, on leur avait appris à adorer l'argent comme un dieu et il avait prévu qu'il ne leur viendrait pas à l'esprit que ni l'argent ni les bijoux ne leur serviraient à grand-chose comme monnaie d'échange après l'holocauste.

N reçut un choc lorsqu'une pénitente de sa congrégation lui avoua qu'elle appartenait à un groupe local de sorcières et qu'un sabbat devait avoir lieu dans les Trossachs le vendredi soir suivant. Après l'avoir interrogée, il s'acheta un masque d'animal, assista au sabbat et réussit à suivre l'homme qui jouait le rôle du Diable jusqu'à un hôtel de la ville. N se présenta à l'hôtel le lendemain matin.

Les deux hommes s'étaient plu dès leur première rencontre. Ils avaient une nature similaire, les mêmes méthodes de travail et un but commun. Nul besoin de rivaliser. Après une franche discussion, ils virent les avantages qu'ils gagneraient à s'associer. Aucun des deux hommes n'ayant constitué une société et étant l'un et l'autre les seuls actionnaires dans l'affaire qu'ils avaient montée, il n'y eut aucune difficulté. Ils convinrent de fusionner. L'organisation de Duke fournirait un parfait terrain d'épuration pour tout membre de Conscience en quête de péché, tandis que toute brebis qui s'égarerait au loin des suppôts du Diable et se découvrirait des scrupules pourrait être adressée à Conscience pour s'y refaire une santé, puis renvoyée au Diable pour un cours de recyclage. Dès que leurs entreprises respectives à Glasgow seraient terminées, ils s'attaqueraient aux détails et mettraient leur plan sur pied. Malheureusement, il y eut un contretemps.

Lorsque au bout du temps imparti le fervent noyau de Conscience émergea de sa caverne, ils découvrirent que le monde avait manqué le rendez-vous et qu'il tournait toujours. Au total, tout ce qu'ils avaient gagné, c'était deux semaines d'inconfort. La perte de leurs biens aussi fut totale. Un négociant de Glasgow têtu préféra passer pour un idiot plutôt qu'un pigeon et alla porter plainte à la police, qui commença une enquête. Heureusement pour N, l'épouse du négociant était membre de la congrégation de sorcières. N rendit les bijoux à la femme, mais pas l'argent, et Duke, qui n'assistait jamais à un sabbat sans appareil photo, lui rendit visite. Il lui montra certaines prises de vue récentes où elle apparaissait, s'assurant ainsi de sa totale coopération. Le soir même, on découvrit son mari décédé dans sa voiture, les portes du garage closes et le moteur allumé. Sa femme affirma qu'il avait dernièrement retiré tous ses bijoux de la banque, ce que la police vérifia, et que la plainte de son mari aux autorités n'avait été que le premier pas pour tenter d'escroquer sa compagnie d'assurances. Elle avait été tellement frappée d'apprendre son intention qu'elle avait menacé de le dénoncer. La mort du négociant passa officiellement pour un suicide et, bien que la police fût sceptique, ils ne purent aller plus loin, la femme ayant fait une déclaration sous serment et la boîte de bijoux ayant été retrouvée cachée au fond d'une armoire chez le négociant.

Cet épisode démontra à Duke et N les bénéfices de leur fusion. Mais ils l'avaient échappé belle ! Il était évident que la fin du monde demandait une meilleure préparation. N et Duke décidèrent ensemble qu'à l'avenir il serait plus sage d'agir dans l'ombre et d'engager un homme de paille pour payer les pots cassés en cas de problèmes.

Puisque le Diable était toujours déguisé, un seul homme pouvait jouer les deux rôles. Ils se renseignèrent et choisirent Hilary Evelyn, un acteur qui avait noyé sa carrière dans l'alcool. Duke et N se débrouillaient bien. Ils apportèrent aussi quelques améliorations à leur entreprise. N'ayant pas de manuel pour leur credo, ils concoctèrent un roman provisoirement intitulé *L'Au-delà,* jusqu'à ce que N, qui connaissait son public et qui sentait qu'il n'allait pas assez loin, décide que cela devrait pousser *au-delà.* Et le livre devint le manuel de Conscience, dont on faisait la publicité à chaque réunion. On décida aussi que les cavernes devraient avoir une seconde entrée. Les biens des adhérents devraient être déposés dans un coffret scellé devant les membres, et rester sous leurs yeux pendant tout le temps passé sous terre. Enlever le coffret et lui en substituer un autre ne demanderait guère de dextérité. Après leur retour au monde, suite au cataclysme, le petit nombre de fidèles auraient à choisir : rester sur Terre et la repeupler ou décoller pour les champs Élysées, vers d'autres planètes. Lors de l'ouverture officielle du coffret, qui s'avérerait vide, il dépendrait d'eux de consolider leur foi, de respirer encore plus fort et de suivre leurs bagages qui les auraient précédés. N et

Duke recrutèrent une bande de jeunes qu'ils appelèrent Majordomes, les formèrent et les payèrent bien pour qu'ils fassent tout le travail préparatoire et jouent les gardes du corps et les gardiens de la paix dans les deux religions.

Ils s'arrangeaient pour que chaque razzia ait lieu loin de la précédente, et puisque leur dernière campagne s'était passée au pays de Galles, ils avaient élu le Kent, où une congrégation de sorcières était déjà en plein essor, pour leur prochaine intervention.

CHAPITRE VIII

Nigel Colveden se dit qu'il faisait des progrès. Pour la première fois en dix-neuf ans — toute sa vie —, il voyait à quoi son lointain cousin pouvait lui servir. A la fin de la réunion de Maidstone, il avait perdu de vue la jeune fille lorsque l'assemblée avait déferlé vers la sortie et l'avait de nouveau aperçue dans l'entrée principale, en train de parler avec Basil Trenthorne. Nigel s'était rapidement faufilé vers eux et avait demandé abruptement comment se portait le crime, histoire de forcer les présentations. C'est là qu'il avait appris sa chance incroyable : Joy Paynel séjournait à Plummergen, au *George and Dragon.* Il avait alors assuré qu'il était impérativement de son devoir, en tant que résident, de lui faire les honneurs de la région et ils se trouvaient à présent installés dans le restaurant le plus cher de Brettenden où, apparemment, il était en train de conforter son avance.

Joy... Ses parents avaient été bien inspirés[1]. C'était la compagne la plus gaie et la plus divertissante qu'il ait jamais rencontrée, et il le lui dit.

---

1. *Joy* = joie. *(N.d.T.)*

Elle fit la moue.
— Essaye de vivre avec un nom comme le mien. Et quand on t'appelle en plus la Veuve Joyeuse, ça entraîne certaines obligations, et si on a des excuses de laisser tomber ses amis, il est impardonnable de décevoir ses ennemis.
Nigel était décontenancé.
— Basil a seulement dit Joy Paynel. Je suis désolé, mais je ne savais pas que c'était madame... enfin, que tu avais été mariée.
— Comment l'aurais-tu su ? Tu ne sais rien de moi. Et puis le mariage ne laisse pas forcément des stigmates visibles.
Nigel tenta de lui poser des questions, d'en savoir plus, mais elle s'esquiva. Pour elle, il n'y avait rien de plus ennuyeux que le récit de la vie terne des autres. Le serveur enleva leurs assiettes et leur proposa du café. Mrs. Paynel s'adossa et sortit son étui à cigarettes. Nigel alluma rapidement une allumette et se pencha en avant.
— Toi ? une vie terne ?
Elle aspira, fit un rond de fumée et sourit.
— Tu apprendras que les seules personnes intéressantes sont celles que l'on ne rencontre jamais.
— Tu parles comme un livre.
— Où est le problème ? J'ai des yeux pour lire.
Elle renversa la situation et lui posa des questions.
— Ma vie ? répéta-t-il en souriant. Terne...
— Allez !... Il est encore tôt, tu as le temps. Je ne crois pas que l'on prenne forme avant vingt ans. Pour l'instant, tu es encore dans le creuset. Tu pourrais explorer... je ne sais pas, moi, mais il doit encore rester des choses à trouver. Tu pourrais avoir un attaché-case et porter un chapeau melon.
— Ou rester fermier. C'est ce qui me plaît.

— Tu pourrais faire ça, ou devenir un scientifique, ou alors entrer en religion.

— Tu appartiens vraiment à Conscience ? demanda Nigel.

— J'appartiens... à moi-même, dit-elle en écrasant sa cigarette pour en allumer une autre. Sans autre moteur que mon esprit, fit-elle en imitant l'orateur. Je suis pour les voyages pas chers, mais je crois que mon esprit n'est pas très bien adapté à ce genre de choses.

— Mais tu as assisté à la réunion, répliqua Nigel.

— Toi aussi. Mais je n'en ai pas tiré la conclusion que tu appartenais à Conscience.

Nigel était perplexe.

— Qu'est-ce qui a amené quelqu'un comme toi dans un endroit perdu comme Plummergen ?

— Ma voiture.

— Oui, mais je veux dire...

— Tu veux dire ? l'interrompit-elle. Pourquoi ce qu'on veut dire doit-il toujours avoir un sens ? demanda-t-elle en remplissant leurs tasses. Dis-moi, c'est comment, quand on vit dans un petit village ?

Nigel haussa les épaules.

— Comme ça. Tout le monde est au courant de ce que tu fais et c'est l'excitation générale dès que tu changes de marque de dentifrice.

— Qui est votre artiste local ?

— Local ?... répéta Nigel en secouant la tête. On n'en a pas.

— Si, vous en avez une. Je l'ai vue près de la mer en train de peindre.

— Oh, fit-il avec un petit rire, ce doit être notre Miss Seeton. Elle est professeur de dessin. Elle emmène les gosses de l'école à la mer, aujourd'hui.

— Mais ce n'était pas aujourd'hui et elle était seule.

— Oui, mais ça devait être elle. Il y a eu une bagarre terrible à ce sujet. Certains parents pensent qu'elle n'est pas capable de s'occuper de leurs petits monstres parce que la moitié du village a soudain décidé que c'était une sorcière.

— Ah oui ?

Il reposa sa tasse et la regarda, surpris par le changement de ton.

— Et elle l'est vraiment ?

Il sourit.

— Je l'en croirais bien capable, vu la façon dont elle attire les ennuis et se sort du pétrin avec la même facilité. Je pense qu'elle étudiait le terrain et qu'elle peignait la mer pour servir de modèle aux gosses.

— Mais non, répondit doucement Joy. Elle dessinait l'église.

— Quelle église ?

— L'église près du bois, bien sûr, répondit Joy d'un ton impatient.

— Ce n'est pas possible, fit Nigel, elle est près d'Iverhurst, à l'intérieur des terres, à presque deux kilomètres.

Elle remit son étui à cigarettes dans son sac et se leva brusquement.

— Les églises m'ennuient. Elles sont si droites, si carrées.

Il demanda l'addition.

— Tu es libre demain soir ?

— Non, j'ai un rendez-vous.

Nigel eut la vision de Basil et lui demanda sans réfléchir :

— Avec qui ? Tu pourrais l'annuler ?

— J'ai un dîner avec le Diable, avec une longue cuillère... et je n'annule jamais un rendez-vous, répondit-elle avec irritation. Peut-être un autre soir, ajouta-t-elle d'une voix radoucie.

— Tu danses ? lui demanda-t-il avec empressement.

— Raisonnablement, si j'ai une raison valable.

Il y avait un bal de la chasse le samedi suivant, juste à la sortie de Maidstone. Viendrait-elle avec lui ? Elle accepta. Nigel paya l'addition, ivre de bonheur, et la reconduisit dans la petite MG rouge qu'il avait héritée de sa mère.

La jeune fille brisa soudain le silence qui s'était installé entre eux.

— Pourquoi une sorcière ?

— Une sorcière ?

Il dut faire un effort pour reprendre le fil.

— Oh ! tu parles de Miss Seeton. Dieu sait pourquoi. Moi, non. Tout ce que je sais, c'est que si c'était une sorcière et que je sois le Diable, je resterais en bas. J'y serais plus en sécurité.

Comme c'était ennuyeux ! Miss Seeton cherchait partout. Le carton à dessin était le seul endroit possible et elle était presque certaine de l'y avoir mis. Mais de toute évidence il n'y était pas. Tous ses autres croquis étaient là, y compris un dessin qui, maintenant qu'elle l'avait devant les yeux, ne lui rappelait absolument rien. Elle l'examina. C'était un dessin bâclé. Un croquis à la va-vite d'une église abandonnée avec des arbres derrière. Enfin, ils n'étaient pas vraiment dessinés, seulement suggérés. En fait, cela ressemblait davantage à un grand bois. Oui, c'était ça. Le sentiment furtif de quelque chose qu'elle avait vu, quelque part, à un moment donné et qu'elle avait couché sur le papier pour ne pas l'oublier, avec l'intention d'y travailler par la suite. Et pourtant, c'est ce qu'elle avait fait. Oublié, s'entend.

Miss Seeton renoua les rubans du carton à dessin, le rangea dans le tiroir en bas de son secrétaire et se redressa.

Bon, elle n'y pouvait rien. Elle s'en passerait. Elle prendrait le temps d'en faire un autre cet après-midi, en surveillant les enfants. S'il s'agissait d'un concours, elle se dit qu'il devrait y avoir une sorte de modèle, quelque chose qu'on pourrait utiliser comme référence, pour comparer. Bien. Avait-elle tout ce qu'il lui fallait ? La boîte à dessin, les crayons, les pinceaux, les peintures, les ciseaux, des magazines en couleurs, de la colle et... oh, oui ! il lui semblait bien qu'elle oubliait quelque chose : ce calepin qu'elle gardait toujours, avec des bouts de tissu, entre les pages. Oui, c'était tout. Ah, non ! Ce n'était pas tout. Elle avait oublié le déjeuner. Miss Seeton se précipita à la cuisine et prit le Thermos et les sandwichs que Martha lui avait préparés. Voilà, cette fois-ci, tout y était. Elle pouvait dire à coup sûr qu'elle était prête.

— Miss !

— S'il vous plaît !

— S'il vous plaît, miss !

Miss Seeton allait de l'un à l'autre, discutait, donnait des conseils, discutait à nouveau et, quand on le lui demandait, apportait parfois une correction. Une petite fille de dix ans était assise et regardait le panorama, sa feuille vierge. Miss Seeton s'assit en tailleur dans l'herbe à côté d'elle et regarda la mer. L'enfant se mit à parler.

— J'arrive pas à dessiner et j'ai pas envie !

— Non ? fit Miss Seeton en souriant. Cela ne représente rien pour toi ?

— Oh, si ! répondit l'enfant avec empressement. Ça veut dire... des mots, pas des dessins, répondit-elle en faisant un effort. J'aime pas dessiner.

— Tu n'es pas obligée. La peinture n'est qu'une façon d'exprimer ses impressions, d'essayer de dire aux autres ce que tu as vu. Mais il existe plusieurs façons de faire : construire, modeler, écrire... même simplement se souvenir, mais c'est plutôt égoïste, parce que cela t'oblige à le garder entièrement pour toi. Et parfois, on oublie.

La petite fille se tourna vers elle.

— Vous voulez dire que... que je pourrais l'écrire ? demanda-t-elle, pleine d'espoir.

— Pourquoi pas ? répondit Miss Seeton en se levant. C'est un moyen aussi bon qu'un autre.

Un petit garçon regimbait. Sa feuille aussi était vierge. Miss Seeton se tint derrière lui. Il se trémoussa.

— C'est bon pour les filles, de faire de la peinture et des dessins, lui dit-il. Moi, ce qui me plaît, ajouta-t-il en serrant ses deux petites mains, c'est faire des choses.

— Eh bien, fais-les.

Miss Seeton lui apporta les magazines en couleurs, le calepin avec les bouts de tissu, les ciseaux et la colle.

— Mais on peut pas faire tout ça, dit-il en englobant d'un geste de la main tout le paysage. C'est trop grand.

— Alors fais un cadre avec tes doigts et regarde à travers. Choisis le morceau que tu aimes et si tu veux une vue plus réduite, éloigne tes mains.

Il essaya à contrecœur, puis sembla y prendre goût.

— Si vous faites ça, vous avez une image dans un cadre, dit-il.

— Bien. Maintenant, tu choisis un morceau de la couleur que tu veux, tu le coupes à la bonne taille, tu le colles et tu continues comme ça avec les autres.

Il regarda les magazines.

— Comment je vais savoir si je le découpe bien ?

— Tu peux tracer un contour, dit-elle en esquissant un trait léger sur sa feuille. Par exemple, voici ce carré d'herbe. Maintenant, tu coupes un morceau qui correspond. Ou tu peux aussi utiliser du papier quadrillé, ajouta-t-elle en lui en donnant une feuille.

Quelques minutes plus tard, il était plongé dans son travail. D'autres gamins furent jaloux ou se montrèrent curieux et voulurent eux aussi coller des choses sur leur dessin. Miss Seeton les encouragea. Pourquoi pas ? Elle alla regarder par-dessus l'épaule de la romancière en herbe.

La mer, le ciel,
La mer, le ciel,
Sont loin,
Ils ne s'arrêtent
[jamais.

L'herbe et les pierres
Sont ici et près
Et quand elles
[s'arrêtent
Elles tombent.

Elles tombent en sable où les coquillages
[commencent,
Et la mer avec les poissons qui s'en vont en
[nageant
Pour rencontrer le ciel avec les oiseaux qui
[volent
Mais ne s'arrêtent jamais.

— C'est l'une des plus belles images que j'aie jamais vues, dit Miss Seeton.

Tous les enfants semblaient occupés pour l'instant et elle avait terminé son propre croquis, qu'elle avait rangé. Miss Seeton prit son sac et son parapluie et regarda autour d'elle. Elle se demanda s'ils auraient terminé avant que le bus arrive pour les ramener chez eux et s'il leur faudrait un autre panorama à dessiner. Il y avait par là un endroit intéressant, à l'endroit où le terrain remontait. En atteignant le tertre, elle se rendit compte que la pente était plus abrupte qu'elle ne l'avait cru. Elle s'aida de son parapluie comme levier, pour prendre pied. Mais la pointe s'enfonça dans le sol. Il était vraiment meuble. Non, plutôt friable. Elle ne voulait pas que les enfants se tordent la cheville. A titre d'essai, elle planta son parapluie dans la terre. Oui, elle ne se trompait pas. Elle était friable. Elle sentait les vibrations et le glissement sous ses pieds. Bien, elle allait d'abord voir si la vue du tertre valait la peine. Et, si oui, elle pourrait certainement trouver un autre chemin d'accès. Elle leva un pied et s'appuya sur son parapluie. Mais Miss Seeton ne monta pas : c'est son parapluie qui descendit, et le sol se désagrégea sous elle. Elle tomba dans une chute de terre et de cailloux, laissant derrière elle un trou béant. Un hoquet de surprise résonna dans l'air, suivi d'un petit cri de désarroi. Miss Seeton disparut.

CHAPITRE IX

Miss Seeton ouvrit les yeux et les referma aussitôt, aveuglée. Elle attendit, jusqu'à ce que l'inconfort de sa position la force à rouvrir les yeux et elle vit le ciel. Le ciel ?... Elle cligna des yeux plusieurs fois. Il était toujours là. Elle réussit à s'asseoir et regarda autour d'elle. La mémoire lui revint. Vraiment, quelle imprudence ! Elle aurait dû prévoir que... Elle remua ses membres et tâtonna son corps. Tout avait l'air d'aller bien. Sauf sa tête. Doucement, elle explora l'arrière de son crâne. Même cela aurait pu être pire. Une légère bosse, un peu douloureuse, mais son chapeau l'avait sauvée. Elle n'en méritait pas tant. C'était tellement stupide. S'inquiéter du fait que les enfants puissent se fouler quelque chose et oublier qu'elle aussi était vulnérable ! Elle se remit sur pied et épousseta ses vêtements, ce qui la fit éternuer. Bien, puisqu'elle était tombée dans ce trou, il fallait maintenant qu'elle en sorte. Elle tâtonna, retrouva son sac et son parapluie et regarda au-dessus d'elle. C'était assez haut. Elle fit de son mieux pour pousser quelques gravats tombés, et en fit une pile sur laquelle elle grimpa. Bien, elle parvenait à atteindre le bord avec la poignée de son parapluie.

Si elle pouvait l'y accrocher et tirer... Elle tira. Elle reçut de la terre et agrandit le trou. Lorsqu'elle eut fini de tousser et que l'air se fut éclairci, elle regarda sa montre. Elle n'avait pas l'air cassée. Quatre heures moins le quart ? Elle porta sa montre à l'oreille. Oui, elle marchait toujours. Bonté divine ! et le bus qui arrivait dans une demi-heure. Les enfants devaient se demander ce qu'il se passait. Il lui fallait sortir tout de suite. Elle fit le point sur sa situation. Elle ne se trouvait pas vraiment dans un trou. Enfin, si, dans un sens. Mais le trou se prolongeait en une sorte de corridor. Il faisait cependant trop sombre pour voir jusqu'où il allait. Peut-être lui faudrait-il quand même l'essayer, en dernier recours. Mais d'abord, elle devait persévérer. Il devait malgré tout être possible de sortir par où elle était entrée. Un mur de gravats lui faisait face. Elle posa un pied dessus. Il céda en soulevant un nuage de poussière. Elle recula et réfléchit à la situation. Y avait-il un meilleur endroit ? Oui, là, avec cette grosse pierre, cela avait l'air de se présenter mieux et elle supporterait son poids. Miss Seeton grimpa tant bien que mal, son pied glissa et elle se retrouva au pied du monticule, où elle atterrit brutalement.

— La barbe ! s'exclama Miss Seeton.

Deux jeunes hommes travaillaient dans une chambre souterraine. Leur tâche était de créer l'illusion. Ils empilaient des boîtes de conserve — les moins chères qui soient — sur une étagère qui courait le long d'un mur de l'immense caverne et replaçaient chaque carton vidé sur l'étagère, après l'avoir refermé, derrière son contenu. C'est en cela que leur tâche créait une illusion : donner l'impression qu'il y avait le double de ce qui avait été acheté.

L'un des deux hommes tira une lourde caisse de bouteilles. Il aligna les bouteilles sur le sol en pierre et jeta la caisse vide à son compagnon. Le fait de s'être tenu penché avait fait affluer le sang à son visage et il caressa la bosse sur l'arête de son nez avec prudence, du bout des doigts. Il portait un anneau de plastique noir.

— James.

— Hein ?

— A quoi ça rime, ce qui s'est passé à la réunion ?

— La vieille était avec le flic qu'on a vidé et elle a pris des notes. Duke voulait simplement savoir qui c'est.

— Eh ben, la prochaine fois qu'il veut des tuyaux sur une grand-mère, il a qu'à le faire lui-même. Les vieilles biques armées d'un pébroc, c'est pas mon rayon. Pas de violence, qu'y dit, Duke. Bon Dieu ! pourquoi personne ne lui a rien dit à elle ? Elle avait l'air douce comme un agneau, mais j'avais pas plus tôt agrippé son sac que, vlan ! elle m'a fichu un gnon dans la figure et s'est mise à distribuer des coups dans toutes les directions.

Ces jérémiades agaçaient James.

— La ferme, Ted, et va chercher les bouteilles vides.

Ted se dirigea vers un coin de la caverne, prit un tas de bouteilles et les rapporta.

— Faut les remplir ?

James les mit dans la caisse vide.

— Non, répondit-il. Ça suffira avec les bouchons dessus. Qui va vouloir en piquer une, alors que les pleines sont plus faciles à atteindre ? Et puis il faudrait qu'on remonte pour aller chercher de l'eau.

— Pourquoi ils l'ont pas installée ici ? grommela

Ted. Je croyais que les contrebandiers étaient bien organisés.

— Il n'y avait pas d'eau courante à l'époque. Et puis qu'est-ce que des contrebandiers en auraient fait ? Ils remontaient le tunnel, entreposaient leur cargaison ici, et puis si la Régie était dans les parages, et qu'ils devaient se terrer, ils pouvaient toujours percer un tonnelet d'eau-de-vie. En plus, il ne faut pas trop charger les étagères ou tout va s'effondrer.

Une clochette retentit dans un coin, près du plafond. Ils se turent et regardèrent. Il y en avait trois accrochées l'une au-dessus de l'autre. La clochette du dessus résonna à nouveau deux fois. Ils se détendirent. Une porte s'ouvrit au fond de la caverne et Basil Trenthorne apparut, une valise à la main, et fut accueilli par deux regards noirs.

— Désolé, je suis en retard. J'ai dû trouver des trucs pour une nouvelle idée que Duke a eue pour demain soir.

— Où t'as laissé la voiture ? demanda James.

— Nulle part. Duke m'a déposé. Il ne prend aucun risque par ici en ce moment. J'ai dû traverser ce sacré bois, avec des ronces partout. On ne peut même pas voir l'église du chemin que vous avez ouvert, jusqu'à ce qu'on arrive sur les premières tombes. Il va venir nous chercher dès qu'il fera nuit. J'ai du boulot pour toi, dit-il en lançant un petit sourire narquois à Ted.

— Moi ? Pourquoi ? C'est toujours moi ! s'exclama-t-il en jetant violemment les dernières bouteilles dans la caisse. J'ai assez à faire à retaper cet endroit pour qu'il ressemble à une épicerie. Si y a un autre boulot, tu te débrouilles. Ça te fera pas de mal, pour une fois, de salir un peu tes jolies petites mains blanches.

— Pas mon boulot, ricana Basil. S'agit d'un petit

cambriolage. Duke dit que tu peux surveiller ici ce soir et faire le travail demain soir.

— Faire quoi ? Où ?

Basil eut un sourire mauvais.

— Plummergen. Tu devrais être content, railla-t-il, Duke te propose une revanche avec la vieille schnock qui t'a flanqué une baffe sur le museau et t'a tout cabossé. Même si tu lui arrives pas à la cheville...

Ted serra les poings. Basil fit un saut en arrière. James attrapa le bras de Ted.

— Ça suffit, tous les deux ! Qu'est-ce qu'elle a fait, la vieille, pour que Duke soit si remonté contre elle ? Après tout, c'est que la tante de ce gorille qui l'a reconduite chez elle.

— Sa tante ? Mon œil ! De la comédie, tout ça. Et le gorille en question est un type du Yard.

James lâcha Ted.

— Du Yard ?

Basil était content de lui.

— Je me suis renseigné. Elle a travaillé pour le Yard. C'est quelqu'un de connu. C'est elle que les journaux ont surnommée le Pébroc Vengeur.

— Où t'as pêché tout ça ?

— Ma mère se trouvait chez des cousins à la noix, au village. Tout le monde y est au courant, pour cette Miss Seeton.

— Mais si elle est avec les flics, répliqua James, ils doivent déjà avoir son calepin, alors je vois pas à quoi ça sert.

— Le problème, mon cher James, fit Basil d'un ton condescendant, c'est qu'il n'y a pas que le calepin. Apparemment, elle a découvert cet endroit.

Il guetta leur réaction avec délectation.

— Le jour où Joy est arrivée, elle a rencontré la vieille bique près de la mer. Le Pébroc a prétendu qu'elle peignait le panorama, mais Joy a vu une toile qui représentait cette église, avec le bois derrière, et on ne peut même pas les voir d'où elle était. Alors tu paries qu'elle cherchait le tunnel ? C'est ce que pense Duke. Il dit que tu dois mettre la main sur la toile. Et sur elle aussi, par la même occasion. Bien sûr, sans violence, dit-il en riant. Enfin juste assez pour l'envoyer à l'hosto un bout de temps. Et si elle clamse avant d'y arriver, il va pas en perdre le sommeil. Il ne peut pas se permettre de la laisser fourrer son nez partout dans les semaines qui viennent, jusqu'à ce qu'on ait fini ici.

Ted avait pris un air buté.

— Et c'est quoi, ce nouveau bateau pour demain soir ? Du boulot en plus ?

— Pas grand-chose, le rassura Basil. Tu vois cette espèce de plate-forme dont ils devaient se servir pour remonter les barriques, sous la trappe. Il veut qu'on la fasse marcher. J'ai apporté de la corde. On devra y pousser le Maître au moment crucial. J'ai tout son barda là-dedans.

Il tapota la valise et se mit à rire.

— J'ai aussi une petite idée personnelle, qui devrait ranimer Sa Seigneurie le Diable.

— Laquelle ? voulut savoir James.

Mais Basil prit un air sournois.

— Peu importe. Juste une touche de réalisme qui devrait mettre le vieux Hilary dans l'ambiance et l'empêcher de s'endormir. Duke veut qu'on ait des lumières de couleur allumées sous la trappe.

La maussaderie de Ted s'accentua.

— Pourquoi ? demanda-t-il.

— Parce qu'il s'est dit que ça leur flanquera la trouille. Quand on fera remonter Son Altesse au début du service, on aura l'impression que le Malin remonte de chez lui.

— Pourquoi ? répéta Ted. On se débrouille bien comme ça, non ?

— Duke veut qu'on force un peu le rythme maintenant qu'on touche à la fin.

Mais Ted ne se calma pas pour autant.

— Dommage qu'ils se soient fait chasser de Malebury. Maintenant, on a les deux sur le dos. Je me moque que ce soit du bidon, mais on ne doit pas jouer avec la magie noire. Un jour, ils vont vraiment faire une bourde et réveiller le Diable et on sera bien avancés.

— Oh, boucle-la ! dit James. Allez, on continue.

Ils apportèrent une lampe butane en haut de deux marches peu élevées qui conduisaient à une caverne plus petite et se mirent au travail. Ils fixèrent une nouvelle corde à la poulie d'un treuil qui commandait une plate-forme de chargement, l'y enroulèrent et huilèrent le mécanisme. Debout sur une caisse, James fit fonctionner le verrou en fer rouillé qui fermait la trappe du plafond, jusqu'à ce qu'il coulisse sans un bruit, puis l'ouvrit. Un lourd bloc de pierre se balança doucement sur son pivot en métal, maintenu en équilibre par un contrepoids. Le bord de la pierre frôla un fil électrique qui courait au plafond. Une clochette retentit. Les deux autres sursautèrent avec nervosité et Ted se dirigea vers la caverne principale.

Mais James les calma.

— Ça va, dit-il, ce n'est que moi. Il faudra changer le fil de place et le mettre plus loin. Personne ne m'a averti qu'on aurait besoin de cette sacrée trappe.

Ted et James déplacèrent le fil. Basil leur tendait les outils. Cela prit du temps, car il fallait fixer les cavaliers dans la pierre avec des chevilles et tirer le fil électrique à intervalles réguliers, sur toute sa longueur, pour qu'il soit bien tendu. Ils avaient équipé les trois entrées de la vieille cachette des contrebandiers avec ce système d'alarme. La clochette du haut était reliée à l'entrée dans la crypte de l'ancienne église d'Iverhurst. La deuxième était reliée sur près de deux kilomètres par un fil qui courait le long de la pente du tunnel principal et débouchait sur une caverne de la falaise, dont l'ouverture était dissimulée par des rochers et encore parfois inondée lors des marées de printemps. La troisième entrée, cachée par de grosses pierres et des broussailles, se trouvait dans les dunes et ouvrait sur une branche du souterrain qui rejoignait le tunnel principal, à quatre cents mètres, sous l'église.

Une fois leur installation électrique refaite, ils envoyèrent Basil l'essayer. Il prit sa lampe électrique et remonta un court passage qui se terminait par un mur rugueux, posa la main sur l'une des pierres irrégulières et la poussa de côté pour soulever un loquet. Il pesa de tout son poids contre le mur dont un pan tourna en pivotant sur le même principe que la trappe. La sonnerie retentit. Il donna deux petits coups sur le fil électrique pour compléter leur signal habituel, remit le pan de mur en place et rejoignit les autres. James agrippa les bords de l'ouverture au plafond, se hissa à la force des bras et resta un moment derrière le balustre du chœur. Oui, ça pouvait marcher. Et puis ça ferait de l'effet, avec l'église éclairée seulement de quelques bougies noires et le Diable qui apparaîtrait lentement près de l'autel, dans une lumière spectrale... pourvu que le vieux démon ne soit pas soûl et ne tombe pas dans le trou.

— C'est bon ! cria James d'en haut. Faites-la marcher !

Ted actionna la poignée du treuil. La plate-forme s'éleva doucement. Arrivée en haut, elle s'encastra dans l'ouverture, à un centimètre à peine du plancher du sanctuaire. James sauta dessus et fut redescendu. Ils arrêtèrent l'engin avant la fin, pour vérifier le frein du cliquet et donner à James le temps de fermer la trappe et tirer le verrou. Ils laissèrent la valise de Basil et retournèrent à la caverne principale pour continuer à déballer les provisions.

Une clochette retentit. Ils se figèrent et la regardèrent se balancer au bout de son fil. James fit un bond et éteignit la lanterne. Tous trois allumèrent leur torche. Basil était secoué.

— Que diable... !

— Tais-toi ! dit brusquement James.

Il tint sa torche braquée sur le fil électrique près de la clochette. A peine une minute plus tard, le fil tressauta et la clochette retentit de nouveau. Ils attendirent. Il n'y eut pas de troisième sonnerie. Ils traversèrent la caverne à toute vitesse et descendirent dans la dernière des trois chambres, qui était assez petite et ressemblait davantage à une antichambre. Ils se rassemblèrent près du mur du côté opposé et écoutèrent. Ils n'entendirent rien.

— Éteignez vos lumières. Vas-y, Ted, commanda James.

— Pourquoi moi ?

— Discute pas. Descends et essaie de voir ce qui se passe. On laisse le bloc de pierre entrouvert si tu dois revenir en catastrophe.

James appuya sur un bout de pierre qui dépassait, se jeta contre le mur dont un pan pivota vers l'extérieur : la réplique du système dans la crypte.

— Et n'allume pas ta lampe si tu n'es pas obligé.

Après être tombé trois fois sur le sol inégal, dans

l'obscurité, Ted décida d'agir comme bon lui semblait. Il alluma sa lampe électrique et se hâta à contrecœur sur son chemin. Il serait toujours temps d'éteindre s'il avait une bonne raison de le faire. Il passa l'embranchement qui menait aux Downs[1]. Tout allait bien, par là. Le chemin était plus facile, maintenant, plus sablonneux, mais il était essoufflé et ralentit l'allure. Il n'avait rien d'un coureur professionnel. Soudain, il vit devant lui une faible lumière. Il éteignit sa lampe et s'approcha prudemment. Il faillit s'étouffer avec la poussière transportée par un courant d'air et ses yeux s'emplirent de larmes. Sa progression fut finalement arrêtée par un tas de débris, au-dessus duquel il aperçut le ciel à travers une crevasse. C'était donc ça ! La voûte s'était effondrée. Et encore du travail supplémentaire ! Ils allaient probablement passer la moitié de la nuit à étayer. Il entendit un bruit au-delà de ce qui obstruait le tunnel. Il s'aplatit contre le mur et écouta. La poussière lui chatouillait le nez. Il avait envie d'éternuer. Le bruit recommença, comme un grattement. Il expira un long soupir de soulagement. Probablement une brebis, comme celle qui avait trébuché sur le fil de l'ouverture des Downs, l'autre jour. Oui, c'était certainement une vieille brebis qui avait dû s'aventurer sur le terrain fragile et était tombée à travers. Il faudrait l'en sortir. Si on s'apercevait qu'elle avait disparu et qu'on se mettait à sa recherche, on découvrirait le tunnel avant qu'il puisse être réparé. Mais pourquoi ils laissaient ces animaux stupides traîner n'importe où en liberté ? Ça créait toujours des problèmes. Elle s'était peut-être cassé une patte ! Elle ne bougeait

1. Collines crayeuses dans le sud de l'Angleterre. (*N.d.T.*)

plus. Ted guettait le moindre signe de vie de la brebis de l'autre côté. Elle était peut-être déjà morte ? Comme pour lui répondre, le grattement se reproduisit, suivi d'un bruit de glissade et d'un choc.

— La barbe ! fit la vieille brebis, de l'autre côté.

Bon, inutile, se dit Miss Seeton. Elle allait devoir essayer le tunnel. Ainsi, tandis que Ted, alarmé, filait dans une direction pour prévenir les autres et chercher de l'aide, Miss Seeton prit l'autre.

Loin du trou, l'obscurité se referma sur elle. Miss Seeton s'arrêta. Il lui faudrait... Oh, mais quelle chance ! L'une des coutumes de la campagne qu'elle avait adoptées, c'était d'avoir toujours une petite lampe électrique dans son sac. Elle l'y trouva et l'alluma. Elle éclaira un passage étroit qui descendait. Le poème de l'enfant lui revint à l'esprit :

L'herbe et les pierres
...
Et quand elles s'arrêtent
Elles tombent.
Elles tombent en sable...

Oui, il devait s'agir d'un passage qui faisait partie d'une caverne ou qui, peut-être, en rejoignait une autre, ce qui, si elle avait de la chance, devrait la conduire tout droit vers la mer. Enfin, non, pas la mer, mais plutôt la plage. Dans cette région, la côte devait être criblée de ce genre de cavernes et de tunnels, jusqu'à Douvres et même au-delà. Romney Marsh était célèbre pour ses contrebandiers, autrefois. Miss Seeton avança, confiante. Elle en était sûre, maintenant, ce passage allait immanquablement « tomber en sable ». Sa confiance fut justifiée. Le tunnel s'élargit, se transforma en une petite caverne.

De la lumière filtrait par une ouverture tout au bout. Miss Seeton traversa le sol rocheux et inégal, remit sa lampe électrique dans son sac puis escalada les rochers et les grosses pierres surplombés par des buissons rabougris. Elle se retrouva sur le sable. Bien, comment revenir, maintenant ? Elle fit quelques pas puis se tourna vers les dunes. Cela ne devrait pas être trop difficile. Si elle grimpait en allant aussi droit que possible, elle arriverait sûrement non loin de là où se trouvaient les enfants. Elle regarda derrière elle pour repérer l'entrée de la grotte. Celle-ci avait disparu. Du sable, des rochers, de grosses pierres, des arbustes rabougris et des herbes rudes s'étendaient en ligne brisée devant elle, à perte de vue. Après tout, peu importait, elle n'avait pas l'intention d'y retourner. Miss Seeton attaqua l'ascension des dunes.

— S'il vous plaît, miss.
— Miss...
— Miss, je peux... ?
— Miss !

Les enfants commencèrent à se poser des questions. On ne devait pas les laisser tout seuls, comme ça. C'est ce qu'on leur disait toujours. Il pouvait leur arriver n'importe quoi. La petite poétesse se souvint d'avoir vu Miss Seeton partir « par là ». Ils posèrent leurs instruments et partirent à sa recherche. Ils arrivèrent au tertre.

— Fais attention où tu vas, Emmie. Regarde où tu mets les pieds. C'est dangereux.
— Ça s'est effondré. Elle est tombée dedans !
— Regardez ! Y a un gros trou !

Ils se rassemblèrent sagement tout autour.

— Elle est dedans ?
— Je crois bien que oui.

— Tu crois qu'elle y est restée ?
— Sûr, autrement elle braillerait.
Une petite fille commença à pleurer.
— Oh ! arrête, Liz, elle s'est peut-être tout bêtement assommée.
Le garçonnet qui avait appris à découper les images rampa jusqu'au bord et regarda en bas. Ses copains le retenaient par les jambes.
— Pas là. Sauf si elle est sous toute cette cochonnerie.
Liz se remit à pleurnicher de plus belle.
— Vaut mieux aller chercher le conducteur du bus, dit l'un d'eux.
— Les enfants, le bus est arrivé !
Ils se retournèrent, abasourdis. Miss Seeton se tenait derrière eux, son sac accroché au bras, le parapluie à la main, le chapeau cabossé et de guingois, les vêtements légèrement déchirés, du sable sortant de ses chaussures, toute poussiéreuse et échevelée. Elle souriait. Ils la dévisagèrent avec un respect mêlé de crainte.
— Allons, venez, ne faisons pas attendre le chauffeur.
Elle passa devant. Les enfants suivirent. Aucun d'eux n'eut envie de lui poser des questions. Ce qui s'était passé était évident. Ça, c'était une vraie prof ! Pas d'erreur. Quand ça lui prenait, elle pouvait disparaître tout d'un coup dans le sol, y mener ses petites affaires, s'envoler vers la mer, revenir et se pointer derrière vous juste quand on s'apercevait qu'elle était partie. Ils avaient eu drôlement raison. Fallait faire sacrément attention, avec celle-là. Ils la suivaient en silence, tout imprégnés d'un nouveau respect. Pour toute une génération de Plummergen, la réputation de Miss Seeton était établie.

CHAPITRE X

Mrs. Blaine prenait ses devoirs très au sérieux et, suite à la réunion de Maidstone, elle s'était sentie très inspirée. Après maintes discussions, Miss Nuttel et elle avaient décidé de faire passer leur salut avant les questions d'argent et elles avaient adhéré à Conscience. Elles avaient même eu droit à des allusions au Lieu Secret, bien que ce fût « absolument secret ». Pour l'instant, elles étaient en compagnie de deux amies, en quête de conseils, pour une séance de table tournante après le dîner. Dans une pièce faiblement éclairée par une lampe recouverte, les mains tendues sur une petite table cirée, pouces et petits doigts en contact, elles attendaient. Et attendaient. Finalement, Mrs. Blaine, toujours impatiente, voulut savoir si quelqu'un était là. Prise au dépourvu, la table s'ébranla. Tout excitées, elles confirmèrent le code : trois coups pour « oui », un pour « non », et pour chaque lettre de l'alphabet le nombre lui correspondant.

Une fois les choses mises au point, la table participa à l'esprit du jeu. Elle tapa des messages, mais elle ne pouvait pas épeler et avait tendance à s'arrêter en plein milieu de phrase, comme si elle avait oublié ce qu'elle voulait dire. La méthode la plus rapide et la plus sûre était apparemment celle des questions-réponses. Miss Seeton était-elle une sorcière ? La table répondit oui. Étaient-ils tous en danger ? La table en était certaine. L'église d'Iverhurst était-elle tourmentée par les fantômes ? Oui : la table était catégorique. N'était-il pas de leur devoir d'insister pour que quelque chose soit fait ? La table se cassa presque un pied en affirmant que si.

La soirée se termina tard et, après s'être souhaité le bonsoir, ces dames se retirèrent pour se reposer, de nouveau tout enflammées d'un zèle missionnaire. Elles allaient sauver la région et Mrs. Blaine se sentait tout à fait l'âme du leader de la troupe.

Elle se rendit à la bibliothèque gratuite de Brettenden et y lut un livre. Si la région devait être infestée par des lumières sinistres dans des églises désertes à minuit, par des fantômes et des sorcières, eh bien, la région devait être épurée, comme l'avait si bien dit le Maître, et ce livre, *Fantômes et esprits,* exposait tout à fait clairement comment faire. Il fallait les exorciser. Le livre stipulait en outre qu'il fallait un prêtre pour accomplir cette prouesse.

Mrs. Blaine et Miss Nuttel démarchèrent tout le village. Elles exhortèrent, argumentèrent, supplièrent. Finalement, lorsqu'elles eurent éveillé quelque enthousiasme, elles conduisirent une délégation chez le pasteur. Mais là, elles se heurtèrent à une certaine opposition.

Miss Treeves se montra inflexible. Elle n'avait jamais entendu parler d'une telle folie. Et il n'était pas question qu'elle laisse Arthur s'en mêler. Des tables tournantes... ! Non, décidément, sa patience était à bout. Comment pouvaient-elles être aussi sottes ? Quant à leur proposition d'envoyer Arthur à Iverhurst, de nuit, et d'exorciser... C'était vraiment la chose la plus stupide qu'elle ait jamais entendue. Et s'il y avait vraiment des lumières à Iverhurst, cela regardait la police.

— Vous ne comprenez pas ! protesta Norah Blaine. Même si la police prenait les choses au sérieux, ce que, bien entendu, ils ne feront pas, ils ne peuvent rien contre des esprits malins. C'est absolument évident que cela concerne l'Église. Ils le disent là, dit-elle en montrant le livre qu'elle avait pris à la bibliothèque.

Connaissant les affinités de Miss Treeves, elle avait sagement évité d'évoquer Miss Seeton.

Le pasteur écoutait, malheureux. Molly avait raison, bien sûr, comme toujours. Et tout cela avait l'air assez invraisemblable et tiré par les cheveux. Des esprits... Pour être franc, il ne connaissait rien à ce sujet. Quant à l'exorcisme... Il en avait entendu parler, oui, bien évidemment, il avait lu des choses à ce sujet dans des livres. Et dans la Bible, il était souvent fait référence à l'expulsion des démons. Mais pour autant qu'il s'en souvienne, on ne trouvait mention nulle part du procédé. Il devait y avoir une sorte de cérémonie. Le révérend Treeves ne voyait vraiment pas... Mais, d'un autre côté, il s'agissait de ses paroissiens. Il était responsable de leur bien-être. Et puis l'église d'Iverhurst, bien qu'on ne l'utilise plus, faisait partie de sa paroisse. Pourtant, le pasteur ne voyait pas... Tout cela était bien difficile.

Sensible à sa faiblesse, Mrs. Blaine attaqua.

— Il est absolument clair que c'est votre devoir, révérend. Vous êtes le seul à pouvoir nous sauver. C'est toujours à l'Église de le faire..., les maisons hantées et tout ça. Les esprits et les fantômes se moquent bien des gens du commun, mais si c'est l'Église qui commande, ils doivent obéir. Tout est écrit là-dedans, fit-elle en agitant son livre. Page quatre-vingt-quatorze, ils disent : « Les esprits malins s'enfuient lorsqu'ils sont exorcisés. » Vous ne pouvez pas laisser les choses en l'état, ce serait absolument affreux.

— Ça ne peut pas continuer, insista Miss Nuttel.

Arthur Treeves avait l'air traqué.

— Je... euh... balbutia-t-il.

— Arthur... avertit sa sœur.

— C'est que... Je ne connais rien à ce genre de choses, avoua-t-il. Je ne sais pas comment exorciser. Je... je crois qu'il y a un ministère spécial qui s'occupe des exorcismes. Il faudra que je me renseigne.

— Pas besoin d'étrangers, répliqua Miss Nuttel. C'est une perte de temps.

— Tout est là, fit Mrs. Blaine en lui tendant *Fantômes et esprits*. Chapitre douze. C'est absolument simple. Vous faites une sorte de service et vous aspergez les lieux d'eau bénite pour les consacrer et puis vous faites le signe de la croix et tout ça et vous ordonnez aux esprits de partir et vous dites...

— ... arrière ! termina Miss Nuttel.

La délégation eut gain de cause. Miss Treeves mena combat pour éviter le pire. Si cette folie devait avoir lieu, elle devait se faire de jour. Pas question ! Dans *Fantômes et esprits*, ils disaient que le meilleur moment pour l'exorcisme était l'heure à laquelle les esprits apparaissent. Le livre insistait là-dessus, en supposant peut-être que si les esprits n'étaient pas là pour entendre, ils ne pourraient pas capter le message.

Le projet fut arrêté et la délégation s'en alla. Une fois leur but atteint, leur enthousiasme redoubla. Un noyau du groupe décida d'apporter son soutien au pasteur et de l'accompagner pour vérifier que le travail était fait. L'idée se répandit dans tout le village comme une traînée de poudre. Presque tout le monde irait. Ce n'était pas le genre de chose à manquer. Ce serait mieux, même, que la fête des Moissons. Parmi ceux qui avaient un véhicule, il fut décidé qui emmènerait qui. Certains iraient à bicyclette, d'autres se regrouperaient et partiraient tôt à pied. On remplit des fiasques de thé et on fit des sandwichs. Il fut convenu avec les mères des enfants de chœur qu'ils dîneraient tôt et seraient envoyés tout de suite au lit ; on les réveillerait plus tard avec des tasses de cacao et des petits pains sucrés — le boulanger vendit tout son stock — en sorte qu'ils puissent être là à l'heure et donner le ton au bon moment à la communauté, pour chanter les hymnes. Le village tout entier était impatient de vivre la plus grande distraction depuis des mois. Même sir George, tenu au courant par Miss Treeves de ce qui se tramait, se dit que le *padre* aurait besoin d'un soutien. Et puis, comme disait Nigel, si tout le village se jetait dans cette folle équipée, pourquoi se priver du spectacle ?

Foxon se demanda s'il pourrait obtenir une mutation. Si ça continuait, c'était fini pour lui, la police. La pauvre. D'abord cette réunion, et puis, maintenant, forcer une vieille dame à sortir en pleine nuit au mois de septembre, pour s'asseoir dans une église déserte et attraper un rhume, simplement au cas où elle aurait comme une intuition. Elle allait attraper une pneumonie, oui ! Il s'en moquait pas mal, qu'elle soit payée. Ils n'avaient pas le droit de faire ça. Elle ne se plaignait même pas. Elle avait l'air de penser qu'elle n'avait pas d'autre choix. Eh bien, non ! Ce vieil emmerdeur de Brinton devrait se faire soigner la tête. Elle était... quel était le mot ? Vaillante ! Oui, c'était ça. Foxon bouillait. Enfin, il avait fait de son mieux. Il avait assisté à ses préparatifs pour la balade et dit que ça n'allait pas. Il avait emprunté un vieux duffle-coat bleu à la femme de Potter et insisté pour qu'elle le mette. Il était beaucoup trop grand pour elle et, si elle relevait le capuchon, elle serait mouchée comme une chandelle. Mais, au moins, elle aurait chaud. Il avait aussi pris un coussin de cuir pour essayer de l'installer confortablement. Mais il n'y avait pas grand-chose à faire, si ce n'était d'en finir. Il descendait à reculons le chemin qui menait à l'église en tenant une lampe électrique pour guider Miss Seeton qui le suivait en traînant son duffle-coat.

Le chemin fit un coude. Pris au dépourvu, Foxon piétina l'herbe, une tombe, fit quelques pas de danse disgracieux et s'affala de tout son long. La lampe de poche le suivit et se brisa. Héroïque, il tut sa douleur et les mots qui lui vinrent à la bouche. « Ne vous cassez pas la figure », avait dit Brinton. Bon, c'était fait. Après, il avait dit : « Ne démolissez pas l'église. »

Miss Seeton était désolée.

— Oh, mon pauvre Mr. Foxon ! Vous vous êtes fait mal ?

— Non, pas du tout, mentit-il. Je me suis simplement cassé une ou deux côtes. Dommage pour la lampe. On va devoir faire le reste à tâtons.

Miss Seeton fouilla sous son duffle-coat bleu marine, trouva son sac et l'ouvrit. Elle comprenait vraiment pourquoi les gens à la campagne... Elle sortit sa lampe électrique. Un mince rai de lumière perça l'obscurité ambiante et, ainsi éclairés, ils poursuivirent leur chemin.

Une fois dans l'église, la lampe de Miss Seeton ne fut pas vraiment efficace. Elle leur indiqua le chemin de la nef principale, leur montra les sculptures qui ressortaient sur un banc d'église, mais ne les mit pas en garde contre les coussins d'agenouilloirs qui tom-

Puisque cela au moins était différent, le reste devrait l'être aussi. Encouragée, elle posa une autre carte et consulta son livre *Maîtrisez la métaphysique*, pour en découvrir la signification. La carte du lieu. Ah ! voilà. La maison. La dame de trèfle dans sa maison. Selon le livre, la carte suivante représentait la loi. La dame de trèfle dans sa maison et associée à la loi ? Cela devait sûrement être Miss Seeton. Personne d'autre, parmi ses connaissances, n'avait de lien avec la loi, la police. C'était terriblement excitant. Elle prit vite la carte du dessus, y jeta un coup d'œil et hésita. L'as de pique. Elle le posa à contrecœur et réfléchit. Il y avait une différence : l'as de pique était à l'envers. Cela devait sûrement symboliser quelque chose. Elle consulta son livre : l'as de pique à l'envers signifiait accident. A moins que... Était-il possible qu'elle l'ait mis à l'envers par mégarde ? Auquel cas il signifiait la mort. Elle retourna la dernière carte avec appréhension. La carte du temps. Cela signifiait... Non, elle devait consulter son livre, lequel lui répondit « maintenant ».

La vieille Miss Wicks repoussa la table et se mit debout. C'était très ennuyeux, parce qu'il n'y avait personne. Tout le village était à Iverhurst pour l'exorcisme. Si Miss Seeton était gravement en danger chez elle et qu'il arrive quelque chose, elle se sentirait responsable. Miss Seeton, si raisonnable et sensée, était bien la dernière personne à se rendre à un exorcisme et, il n'y avait rien à faire, des choses curieuses se tramaient autour d'elle. Sur le manteau de la cheminée, l'horloge sonna un coup. Onze heures et quart. Il était très tard pour se rendre chez quelqu'un, mais, sans téléphone, il n'y avait pas d'autre moyen de s'en assurer et, si tout était normal, Miss Seeton n'était pas du genre à se moquer ou à la tourner en ridicule.

La vieille dame avait boutonné son manteau en peau de mouton imitation vison. Elle mit son chapeau marguerite, qu'elle avait tricoté elle-même et qui ressemblait à un couvre-théière avec un pompon au bout, fait d'une multitude de bouts de laine jaunes et blancs. Il ressemblait à un énorme chrysanthème primé, mais, pour Miss Wicks, c'était une marguerite et elle en était fière. Craignant qu'il rétrécisse, elle l'avait fait trop grand, si bien que pour plus de sûreté elle passa une écharpe par-dessus et la noua sous le menton. Elle enfila ses gants, prit son sac à main, ferma la porte d'entrée à clef derrière elle et, sa lampe électrique dans une main, sa canne dans l'autre, à peine dix centimètres de jambes fines comme des allumettes dépassant du manteau en imitation vison, ses pieds plats dans de longs souliers pointus orientés à dix heures dix, Miss Wicks se lança dans une expédition de trente mètres en bas de la rue.

En arrivant à Sweetbriars, elle trouva le cottage plongé dans l'obscurité et la porte d'entrée entrouverte. Elle se sentit intimidée, recula et regarda autour d'elle pour chercher de l'aide. Toutes les autres maisons étaient sombres et silencieuses, lui rappelant que tout le monde était parti à Iverhurst. Elle ouvrit peureusement la porte en grand et éclaira l'entrée avec sa lampe électrique. Elle était déserte. Pas un bruit. Aucun signe de vie. Elle avança en hésitant, passa le seuil et entra dans le séjour de Miss Seeton, à droite, fit glisser le rayon de sa lampe électrique le long du mur, trouva l'interrupteur et tendit la main, quand un rai de lumière plus fort que le sien jaillit derrière elle. Elle eut un hoquet de frayeur et allait se retourner lorsqu'elle sentit, plus qu'elle n'entendit, un sifflement dans l'air. Un coup sur la tête la plongea dans le noir.

CHAPITRE XI

Incognito dans sa tenue de motard, Ted fit sortir sa machine de la route à travers les Downs et la gara derrière des broussailles. Il continua son chemin à la lumière de sa puissante torche et passa devant plusieurs voitures. Ils avaient l'air d'être presque tous arrivés. Ses lèvres s'étrécirent en une moue revêche. Pourquoi N et Duke compliquaient-ils les choses avec la sorcellerie ? Ils se débrouillaient pourtant bien avec Conscience. Et le coup d'amener tous ces gens dans les grottes, c'était complètement dingue ! S'ils ne voulaient pas que les voitures se garent près de l'église, pourquoi s'en servir alors ? Qu'ils aillent deux ou trois kilomètres plus loin et fassent ça dans le bois. Mais non ! Ça lui plaisait, à Duke, une église, s'il y en avait une à portée de main. Il disait que ça donnait à la cérémonie un petit quelque chose de plus. Ça lui donnerait tintin, oui ! s'il ne faisait pas attention. Et tu parles d'un secret ! La moitié du Kent allait déambuler de long en large à travers le Lieu Secret des Conscientistes. Et puis il y avait le boulot en plus, se dit Ted avec amertume. Il fallait clouer des draps noirs partout pour que tous ces sorciers et sorcières n'aillent pas fourrer leur nez là où ils ne devraient pas.

Conscience était un bon plan. Arnaquer les imbéciles, leur piquer leur fric, taxer les plus riches avec le coup du Lieu Secret et puis filer, ça, c'était du sérieux ! Mais adorer le Diable, non. On commence à flirter avec des Puissances bizarres et puis, un jour, on découvre que ces Puissances sont un peu plus bizarres qu'on croyait. Ses épaules se contractèrent malgré lui. Ted pressentait qu'il allait y avoir des problèmes. Il suffisait de voir ce vieil ivrogne d'Evelyn. Ce type croyait déjà à moitié aux conneries qu'il déclamait. S'ils continuaient à lui faire jouer le Diable, il allait lui pousser une paire de cornes pour de vrai. Et une queue ! Ted poursuivit son chemin à travers les buissons jusqu'à l'entrée du tunnel, flanquée de la grosse pierre qui la bloquait.

Dans la plus petite caverne, sous le sanctuaire, Ted tira le rideau de tissu noir et vit que la lampe était allumée. James et un autre Majordome agenouillés par terre jouaient aux dés, tandis qu'Hilary Evelyn, en robe noire, une feuille de papier dans une main, allait et venait à grandes enjambées en déclamant : « *Deum nostrum hoc ad...* » L'attention de l'acteur se partageait entre ces lignes, alors qu'il répétait du latin à l'envers, et le sentiment de son pouvoir. En ridiculisant la puissance venue de la Lumière, on obtenait le Pouvoir des Ténèbres. Lequel était le plus grand ? Le pouvoir d'en bas pouvait-il défier le pouvoir Sublime et gagner ? Ses doigts tirèrent nerveusement sur sa robe, mais lorsqu'il avait enlevé sa veste la fiasque avait suivi. La réponse pour lui, comme toutes les réponses spirituelles, résidait dans les spiritueux.

Ted se dirigea vers les autres. James lui lança un regard.

— OK ?

— OK.

Ted défit la fermeture Éclair de sa veste, dont il sortit une feuille de papier pliée et une matraque en cuir lestée. Il tendit le papier à James.

— C'est celui de l'église que Duke voulait. Vaut mieux le lui donner plus tard.

James prit le dessin.

— Pas de problèmes ?

— Non. Un trou mort. Pas une lumière. Ils dormaient tous. Sauf notre vieille chouette. Elle était allée quelque part. Elle est arrivée quand j'étais encore là, dit Ted avec un rictus. Je lui ai collé un coup sur la cafetière, par-derrière, au moment où elle allait allumer la lumière. J'ai un joli ressort là-dedans, continua Ted en agitant la matraque. Elle n'avait qu'une écharpe sur la tête et je l'ai cognée si fort que la matraque a rebondi et que j'ai failli la lâcher. Si jamais elle revient à elle, elle embêtera personne pendant un mois ou deux. Ils sont tous là ? demanda-t-il en pointant son pouce vers le haut.

James hocha la tête. Evelyn s'arrêta et se pencha sur eux. Il regarda les dés.

— Ils se sont partagé mes vêtements et les jouent aux dés.

L'autre jeune homme pivota sur ses talons.

— Quelle mouche te pique, papa ?

L'acteur se détourna.

— Jeunes freluquets ignares ! Vous ne savez de quoi vous vous raillez.

James se leva.

— Tout ce que je sais, moi, c'est qu'il est temps de t'envoyer là-haut. Allez !

Il ramassa un masque de chèvre par terre et le jeta à Evelyn.

— Enfile ça et mets-toi sur la plate-forme.

Ted tira une caisse et monta dessus, prêt à faire

glisser le verrou de la trappe. L'autre homme saisit la poignée du treuil et lorgna la silhouette vêtue d'une robe noire et d'un masque de chèvre avec un air moqueur.

— C'est un plaisir de t'envoyer en l'air quand tu veux, papa. Sans effort !

Vraiment. La tâche de policier. Si bizarre. Elle comprenait que les policiers aient besoin de beaucoup de patience, mais elle n'avait pas vraiment réalisé, jusqu'à maintenant, combien de temps ils passaient à attendre. Et dans des endroits si curieux. Miss Seeton regarda autour d'elle en essayant de scruter l'obscurité presque totale à l'intérieur de l'église. Elle espérait tellement qu'elle serait capable de faire ce qu'ils voulaient qu'elle fasse, quoique, pour être franche, elle ne fût pas certaine, enfin, pas tout à fait, d'avoir compris de quoi il s'agissait. Il fallait pourtant reconnaître que ce gentil Mr. Foxon, si sympathique au demeurant, le lui avait de nouveau expliqué, mais même lui n'avait pas eu l'air de comprendre totalement que ce n'était pas possible d'avoir une impression ou de faire un dessin dans le noir, dans une église qu'elle ne connaissait pas — une église qui y était et elle aussi. Dans le noir, s'entend. Et bien que ce manteau, que Mr. Foxon avait eu la prévenance d'emprunter, soit confortable, même s'il était un peu large, ses chevilles étaient dans un tel courant d'air ! Furtivement, Miss Seeton commença à ramener ses pieds sous le duffle-coat bleu. Tant qu'à rester ici, elle pouvait aussi bien utiliser ce moment à faire ses exercices de respiration. Elle mit son pied droit sur sa cuisse gauche, se baissa et attrapa son pied gauche qu'elle posa sur sa cuisse droite. Là, c'était mieux. C'était vraiment extraordinaire. Quand elle avait vu pour la première fois, dans *Rajeunissez de jour en jour grâce au yoga,* la photographie d'un homme dans la position du lotus, cela ne lui était pas venu à l'esprit qu'elle pourrait elle aussi accomplir une telle contorsion. Mais, maintenant, elle la trouvait confortable. Et puis, par la même occasion, cela lui réchaufferait les pieds. Miss Seeton expira, contracta les muscles de son estomac et commença à inspirer. D'abord le diaphragme, jusqu'à cinq. Puis la poitrine, et enfin soulever les épaules pour une dilatation totale en finissant de compter. Elle leva donc les épaules pour une dilatation totale en achevant de compter et la manœuvre fit se rabattre le capuchon de son manteau par-dessus son chapeau au niveau des sourcils. N'y avait-il pas... ? Oui, il y avait de la lumière dans l'église. Sous son capuchon, Miss Seeton vit une clarté briller à travers la tapisserie devant elle. Elle semblait si jaune. Pas du tout comme la clarté de la lune. Probablement un effet des vitraux. Si elle avait eu de l'imagination, elle aurait presque cru qu'elle avait entendu bouger et murmurer.

Pour la congrégation qui était remontée de la crypte et avait pris tranquillement place de chaque côté de la nef, l'effet de la dernière innovation de Duke fut absolument magique. Ils étaient assis sur les bancs dans la lueur vacillante de quatre grands cierges noirs et virent, fascinés, une faible phosphorescence apparaître dans le sanctuaire, tandis qu'au centre le Diable, leur maître, s'élevait lentement du sol. Ensorcelées par leur propre crédulité, plusieurs personnes tombèrent à genoux en signe de vénération. Tous virent la phosphorescence s'éteindre et l'ombre de leur dieu se tourner et monter les marches de l'autel. Une flamme brilla et la lumière d'une bougie noire posée sur l'autel transforma l'ombre en silhouette. Grand, sombre, la menace de ses cornes courbes imposantes au-dessus de la tête hirsute, il traversa, majestueux.

Miss Seeton sentit un mouvement manifeste à sa gauche. Il y eut un léger déclic, une flamme brilla et une lumière grandit derrière elle. Elle essaya de tourner la tête sous le capuchon qui l'emprisonnait. Avec un œil, elle vit... Bonté divine ! Un gentleman travesti en train d'allumer une chandelle sur l'autel.

De l'autre côté de l'autel, devant l'éclat cuivré de la croix inversée, Sa Majesté Satanique leva les mains et recula brusquement.

La division d'Ashford manquait chroniquement de personnel. Foxon avait été de garde tard trois nuits de suite. Blotti dans son pardessus, sur son tabouret à trois pieds dont le troisième tenait tant bien que mal, son esprit était tout à fait disposé à accomplir son devoir, mais Morphée le conquit. Lorsqu'il se réveilla, il vit que la scène devant lui avait changé. Là où régnait l'obscurité, brillait la flamme d'une chandelle. Là où Miss Seeton était installée sur un tabouret, se tenait un lutin avec un bonnet pointu, sur un coussin d'air, tandis que, derrière le gnome, une chèvre en chemise de nuit noire sembla apercevoir l'elfe et leva des mains humaines. Était-ce un rêve ? La réunion de Conscience et l'église mêlées ? Où était-il ? Et par-dessus tout : où était-elle ? Il devait la protéger... Son devoir était de... Il bondit. Le pied qui soutenait le tabouret n'étant pas préparé à une action soudaine, il se renversa. Foxon aussi et, les mains tendues pour se retenir, il agrippa la tapisserie.

A son entrée sur la scène du sanctuaire, Sa Majesté Satanique, Evelyn, dans une comédie qu'il faisait traîner à loisir, sentit la tension et sut qu'il tenait son auditoire sous le charme. Avec un sens du rythme parfait, il se dirigea vers l'autel, une main royale tendue devant lui. Une chandelle flamboyait, éclairant son numéro tandis qu'il s'avançait vers le centre, illuminant une parodie de sacrifice humain. Sur l'autel était étendu le corps d'une petite fille en miniature, la houppelande turquoise déployée, la robe vert feuillage tailladée jusqu'au milieu et rejetée en arrière pour révéler le cadavre marqué d'une croix inversée rouge, la gorge tranchée laissant la tête ballotter dans un auréole de cheveux blond-roux. La procession royale marqua une pause, la tête de chèvre partit en arrière avec un bêlement étranglé et, pour la première fois de toute sa carrière, Hilary Evelyn joua une scène sans scénario, sans répétitions. Les mains tendues devant lui pour conjurer le sort, tel Macbeth devant le spectre de Banquo, terrifié, il descendit les marches du sanctuaire à reculons, lorsqu'un gémissement lui fit lever des yeux stupéfaits sur le vieux tissu chargé de poussière qui s'effondrait. Au-dessus de lui, dans un nuage d'or constellé de poussière, flottait une silhouette jambes croisées, avec un capuchon pointu. Son cerveau abruti par l'alcool s'embrouilla entre ses récentes recherches en mythologie et religions comparées et ses études plus anciennes sur le chantre d'Avon[1]. Pan, Puck[2] ? Puck, Pan ? Ils commençaient tous les deux par *P* et tous deux avaient, à des périodes différentes, passé le mur du son.

— Pan ! cria-t-il à travers son masque de chèvre. Pan, le grand dieu Pan !

Pitoyable, il inclina la tête et la frappa sur les marches, ce qui cabossa son masque.

---

1. *The Bard of Avon* : Shakespeare. *(N.d.T.)*
2. Lutin dans *Le Songe d'une nuit d'été,* de Shakespeare. *(N.d.T.)*

« Pan ! » « C'est Pan ! » « Le dieu Pan ! » « C'est Pan en personne ! » « C'est Pan ! » La congrégation se passa le mot. Certains tombèrent en avant en signe d'obéissance, d'autres, plus peureux, reculèrent.

D'après le bruit, Foxon sut qu'ils étaient très largement minoritaires et, horrifié de ce qu'il avait fait en dévoilant Miss Seeton, il se creusa la cervelle pour les sortir tous deux de leur fâcheuse situation. Bon, pour l'instant, elle les tenait en respect, complètement frappés de terreur. Il resta donc derrière le pilier. Mais une fois qu'ils auraient pigé, il y aurait du lynchage dans l'air. Ils ne la laisseraient probablement pas s'échapper. Il était prêt à donner sa vie pour la défendre, mais un homme pouvait-il la sauver contre des forces supérieures ? Faites-leur encore plus peur, pria-t-il en silence. Dites quelque chose, n'importe quoi. Quelque chose pour les faire décamper. Le capuchon se redressa.

— *Pan ho megas tethnéke,* dit Miss Seeton.

Vraiment, quelle chose étrange à dire. Où avait-elle... ? Perplexe, elle se répéta tout haut :

— *Pan ho megas tethnéke.*

Ah oui ! bien sûr, elle se souvenait maintenant : la voix de l'Orient dans le rêve de la femme de Pilate. C'était exactement comme ces jeux avec les associations de mots qu'elle proposait parfois à ses élèves. Elle n'était plus tout à fait certaine, maintenant, de ce que les mots signifiaient. Du romain, ou de l'hébreu, peut-être, mais elle se souvenait que la voix disait cela. Et la femme de Ponce Pilate en était bouleversée.

Les membres du culte aussi. Caparaçonnée et suspendue dans l'air, la divinité reconnaissait son nom et parlait dans une langue étrange.

Miss Seeton scruta à nouveau l'église faiblement éclairée. Beaucoup de femmes portaient des masques.

Et tous ces hommes déguisés... en animaux. C'était donc cela qu'ils avaient attendu ! Non, décidément, Mr. Foxon n'avait pas été clair. Ce n'était pas très convenable et son impression, pour être franche, c'est que tout cela semblait... et en plus dans une église... un peu indécent. Et puis, c'était si gênant de rester assise comme ça, devant eux. Prête à se lever, Miss Seeton ôta ses pieds de ses cuisses, ce qui fit gonfler le manteau par endroits.

Derrière l'assemblée, un rythme lointain palpita, faisant vibrer les sens. Le rythme enfla et se transforma en voix qui chantaient un air martial. Devant ses zélateurs, les sombres effets de la divinité remuaient et se gonflaient tandis qu'elle se préparait à fondre sur eux. Une femme poussa un cri perçant et se rua vers les portes de l'église. Le grand Pan avait été invoqué et, en dépit de la certitude réitérée de Miss Seeton, dans un grec piètrement prononcé, que « le grand Pan est mort », l'ancien dieu s'était réveillé et la panique s'ensuivit. La femme qui avait poussé le cri atteignit les portes, les ouvrit en grand et s'enfuit en courant dans la nuit. Le chant rythmé devint plus distinct, les mots se firent plus clairs. Il s'approchait :

« ... soldats du Chriiiiist,
Comme allant à la gueeeerre... »

Pris en sandwich entre des doctrines opposées, les adorateurs du Diable se dispersèrent et la fuite se transforma en déroute. Ils se précipitèrent par la sortie et s'enfoncèrent dans le bois. Le stratagème de Basil Trenthorne, simuler un sacrifice avec une poupée pour empêcher le Maître de s'endormir, avait marché. Toute majestueuse dignité oubliée, Sa Chèvreté bondit derrière ses derniers adorateurs en levant bien haut ses jambes recouvertes d'un pantalon, sa robe noire relevée au-dessus des genoux.

« ... continuent devant... »

Le vicaire venait en tête. Miss Treeves marchait à sa hauteur, et derrière eux Mr. Welsted, le mercier, dans le rôle du chef de chœur, était suivi dudit chœur en soutanes et surplis. Puis venaient à la traîne un essaim de villageois, tandis que Mrs. Blaine, Miss Nuttel et leur délégation, maintenant qu'on arrivait au moment crucial, soutenaient prudemment le pasteur à l'arrière. Toutes les bouches étaient ouvertes, les voix s'élevaient en un seul chant, la plupart des yeux étaient tournés vers le sol pour éviter de trébucher. Ils n'étaient pas encore parvenus à la hauteur du coude qui avait provoqué la chute de Foxon, ils approchaient de l'église par le côté. Une rangée de fenêtres leur fit face. Les fenêtres...

— Joe, regarde ! C'est pas des lumières ?

Le mot se propagea. Les marcheurs s'arrêtèrent, le chant faiblit. Tout excités de trouver les fantômes d'Iverhurst à demeure et sentant qu'ils avaient l'avantage du nombre, les enfants du chœur chantèrent de plus belle et, réconfortés par le bruit, leurs aînés suivirent l'exemple et tous se mirent à hurler :

« Au signe du triomphe
La légion de Satan s'enfuit. »

— Flûte, c'est fichu ! Regarde !... Y se carapatent, eux aussi.

L'excitation des enfants du chœur portée à son comble, ils se turent, et les villageois regardèrent, bouche bée, dans la lumière jaune qui miroitait près des marches de l'église, des... des gens ?... des choses ?..., qui bougeaient, couraient vers les arbres et, l'espace d'un instant, ils virent une chèvre, grande et sombre, avec un corps d'homme, qui descendait les marches en bondissant, comme si elle avait le Diable aux trousses. Les plus hardis firent mine de suivre.

— Halte ! aboya sir George.

Il ne pouvait pas laisser ses troupes, qui n'avaient aucun entraînement, suivre l'ennemi sur un terrain inconnu.

Les plus hardis reculèrent, confus, non sans une certaine reconnaissance. Mais pas les chiens. Dans l'esprit canin, tout ce qui court égale jeu. D'un seul corps, les chiens du village rompirent les rangs. Ceux qui avaient une laisse s'en dégagèrent ou la traînèrent après eux, et, conduits par le pékinois de la mère Dawkin au milieu des « Dozey, reviens ! » et des « Assis ! », ils déferlèrent dans le bois en jappant et en hurlant.

Le cri perçant de la femme avait alerté ceux qui se trouvaient dans la grotte et le bruit qui s'ensuivit ne présageait rien de bon. Abandonnant leur compagnon près du treuil, James et Ted remontèrent de la crypte à toute vitesse et jetèrent prudemment un coup d'œil. L'église était déserte. Seules restaient quatre chandelles noires allumées. Ils avancèrent pas à pas et, dans le sanctuaire, soulignée par la flamme d'une unique chandelle posée sur l'autel, ils virent une silhouette d'ébène sous une cagoule de moine. Les cheveux de Ted se hérissèrent sur sa tête. Il le savait ! Les autres Puissances. James alluma sa torche. La cagoule se redressa et Miss Seeton sourit, gênée et mal assurée. Ce n'était pas possible !... il l'avait assommée. Un fantôme. L'estomac de Ted rompit son système de raccordement et se libéra soudain. Moins superstitieux et plus pratique, James écoutait. Des bruits de retraite, tandis que la meute du village partait à la chasse, et les voix des soldats du Christ qui décidaient de ce qu'ils allaient faire, détournèrent son attention vers les portes ouvertes. Il courut les fermer avec la barre. Puis revint et secoua Ted.

— Occupe-toi d'elle, murmura-t-il. Vite ! Ils sont dehors. Je vais faire descendre la plate-forme et fermer la crypte. Reviens dès que tu peux.

Ted reprit le dessus. Il y avait eu une erreur. Il glissa la courroie de sa matraque à son poignet. Cette fois-ci, il n'y aurait pas d'erreur. Il se retourna. La chandelle solitaire brillait toujours sur l'autel. La sombre silhouette encapuchonnée avait disparu.

Soulagé par la fuite de l'ennemi et rassuré par les chants au-dehors, Foxon avait décidé qu'il était temps de partir, lorsque deux silhouettes sortirent de l'ombre à pas de loup et le firent hésiter. La lampe électrique braquée sur Miss Seeton et la fermeture des portes le poussèrent à agir. Il l'agrippa par le bras et la poussa par la porte ménagée dans le mur derrière lui. Il chercha une issue à l'aide de sa petite lampe de poche. Il n'y en avait aucune. Une petite tour carrée en pierre. Devant lui, une énorme cloche était tapie sur le sol, avec une autre plus petite à côté, comme la mère et l'enfant, dans une vision grotesque. Il dirigea la lampe vers le haut : une échelle disparaissait dans une obscurité que le mince rayon de sa lampe ne put percer. Le clocher. Le plancher presque entièrement recouvert par les cloches. Pas de place pour manœuvrer. Aucune cachette. Où pourrait-il... ? Il poussa Miss Seeton vers l'échelle.

— Pouvez-vous y monter ? lui souffla-t-il.

D'abord, s'asseoir dans le noir et les courants d'air, et puis tous ces gens très vieux déguisés, et maintenant monter ?

— Mais pourquoi, Mr. Foxon ? Nous en avons certainement assez vu.

— Trop, répondit-il d'un air mécontent. On avait bien dans l'idée que quelque chose de ce genre pouvait se passer, mais on n'aurait jamais cru qu'ils reviendraient. C'est pour ça qu'on voulait que vous soyez ici, au cas où vous auriez une réaction qui nous donnerait un tuyau pour continuer.

Miss Seeton était abasourdie.

— Une réaction ? Moi ? Mais comment pourrais-je... ?

— Je vous expliquerai plus tard. On n'a pas le temps. Ces deux-là, dans l'église, ils vont nous trouver ici et ils nous laisseront pas filer comme ça. Ils n'oseront pas, ils ne savent pas exactement ce qu'on sait. Il faut qu'ils aient choisi ce soir, ce n'est pas de chance... Les gens qui chantaient dehors...

Il enchaîna rapidement en la voyant sur le point de parler.

— Je ne sais pas qui c'est, mais ça doit être une bande rivale puisqu'ils chantaient des hymnes. Ils vont peut-être rappliquer, mais on ne peut pas compter là-dessus, et ça ne sert à rien qu'on hurle, ils ne nous entendront pas.

Il posa la main sur l'échelle.

— Si vous pouviez monter jusqu'en haut, il doit y avoir une plate-forme, là où on accrochait les cloches, et des lucarnes dans chaque mur, pour le son, vous pourriez vous pencher et attirer l'attention. C'est notre seule chance. Moi, je reste ici et je m'occupe de ces deux types, mais je ne peux pas risquer une bagarre tant que vous êtes là.

— Je ne sais pas.

Miss Seeton repoussa le capuchon du manteau et tenta de rajuster son chapeau.

— Je ne me souviens pas d'être jamais montée sur une échelle.

Elle accrocha son sac à un bras, son parapluie à l'autre et mit un pied sur le premier barreau. Elle l'enleva, le libéra du manteau, ramassa le duffle-coat autour d'elle du mieux qu'elle put et essaya de nouveau.

Foxon l'agrippa par le bras.

— Brave fille, murmura-t-il. Et bonne chance. Je suis désolé, mais va falloir le faire dans le noir ou ils vont voir ce qu'on fabrique.

Il s'écarta rapidement, éteignit sa lampe, la mit dans sa poche et s'accroupit à côté de la porte.

Ted entra en fonçant. Il se découpa un instant dans la lumière. Foxon lui sauta dessus. Ted, qui avait fouillé le sanctuaire et vu que la seule autre sortie possible était bouclée de l'intérieur, avait prévu l'attaque. Il tourna sur lui-même en tombant et ils se bagarrèrent en silence. Ted agrippa les cheveux de Foxon, trouva un œil avec son pouce et l'y enfonça. Un coup heureux sur son nez déjà contusionné sauva la vue de Foxon. Sous la douleur, Ted relâcha son étreinte et Foxon se libéra d'un bond. Le bond lui fut fatal. Il atterrit sur la cloche, s'assomma à moitié. Ted trouva le visage de son adversaire en tâtonnant d'une main, leva sa matraque de l'autre et l'abattit. Il se releva et alluma sa lampe électrique. Il chercha autour de lui et, voyant l'échelle, dirigea le rayon de sa lampe vers le haut. Miss Seeton grimpait, à cinq ou six mètres au-dessus de lui. Ted fourra la lampe électrique dans sa poche de poitrine, l'ampoule vers le haut, bondit sur l'échelle et monta derrière elle.

CHAPITRE XII

Le sergent Ranger était mal à l'aise. Lors du dîner avec ses futurs beaux-parents, il avait appris la dernière fredaine du village : la cérémonie d'exorcisme. Le dîner terminé, il avait téléphoné à la police d'Ashford. Brinton était chez lui et l'inspecteur de garde ne voyait aucune raison de le déranger. De toute manière, il ne pouvait rien arriver à Miss Seeton. Foxon prendrait soin d'elle. Avec le tapage qu'il y avait eu quand on avait découvert des traces de feu dans le cimetière d'Iverhurst, ceux qui y avaient traficoté se tiendraient à carreau, et si Foxon et elle se retrouvaient en pleines réjouissances avec les gens du village, quel mal y aurait-il ? Le sergent dut admettre cette logique irréfutable, mais l'inspecteur ne connaissait pas Miss Seeton. Elle était tout à fait capable de faire sortir un essaim de frelons de l'un de ses chapeaux complètement excentriques sur un simple coup de parapluie. Mais cette idée était de toute façon sacrément dingue ! Coller Miss Seeton dans une église en pleine nuit — avec ou sans Foxon — et c'était couru d'avance que tout allait finir en capilotade. L'Oracle aurait dû dire non dès le début.

Bob quitta Anne à contrecœur à onze heures et

demie et rentra à pied au *George and Dragon.* Le village lui parut sinistre : pas un bruit, pas une seule lumière. Il s'arrêta devant Sweetbriars, toujours inquiet. Saisi d'une impulsion, il poussa le portail et alla jusqu'au cottage. La porte était ouverte. Il prit son élan et alluma d'un coup sec la lumière de l'entrée, puis chargea vers le séjour en feintant et abaissa l'interrupteur. Il faillit trébucher sur le corps. Tante Em ! Il s'agenouilla pour la retourner doucement et poussa un soupir de soulagement. C'était cette drôle de petite vieille qui sifflait, quel était son nom... Miss Hicks ? Enfin, quelque chose comme ça. Son pouls battait toujours et elle respirait encore. Il enleva son pardessus et l'en couvrit. Puis il traversa la pièce, s'empara vivement du téléphone et joignit le Dr Knight, qui lui dit qu'il arrivait tout de suite. Bob appela ensuite Ashford et fit son rapport, auquel il ajouta que les tiroirs du secrétaire avaient été mis sens dessus dessous et qu'il y avait des papiers partout par terre. Ashford promit d'envoyer immédiatement une voiture de patrouille et accepta enfin d'en envoyer aussi une autre à Iverhurst, au cas où.

Dès son arrivée, le Dr Knight ôta l'écharpe et le chapeau marguerite de sa patiente pour examiner le crâne. Pas grave, fut son diagnostic. Il allait l'emmener à la clinique. Il donna une pichenette au pompon du chapeau.

— Sans ça, dit-il, ç'aurait été la morgue.

Bob souleva doucement Miss Wicks. Elle ouvrit les yeux et le dévisagea, le regard brumeux.

— Vous m'avez fait perdre connaissance, fit-elle d'un ton accusateur.

Averti par la radio, Potter arriva en pétaradant sur son vélomoteur, pendant qu'ils enfournaient Miss Wicks dans la voiture. Il monterait la garde jusqu'à ce que la voiture de police arrive. Ayant deviné ce que Bob avait en tête, Anne avait suivi son père avec sa propre voiture et attendait. Bob y monta avec un large sourire appréciateur, et ils démarrèrent en direction d'Iverhurst.

L'échelle tressauta, puis se mit à osciller. Miss Seeton s'accrocha. Mr. Foxon aurait dû attendre qu'elle soit en haut. C'était dangereux, avec deux personnes sur l'échelle. Et Mr. Foxon était si... Enfin, c'est-à-dire si *c'était* Mr. Foxon. Il lui aurait sûrement parlé. Elle essaya de regarder en bas, mais ne put regarder directement sous elle, et aperçut seulement une lumière qui montait et brillait de plus en plus. Mais maintenant qu'elle pouvait voir, elle se rendit compte qu'elle était presque arrivée. La plate-forme dont avait parlé Mr. Foxon était juste au-dessus d'elle. Elle tenta d'atteindre le barreau suivant, en vain. De quelque façon qu'elle s'y prenne, elle ne pouvait lever les bras. Elle avait marché sur le manteau de Mrs. Potter. Miss Seeton fut agacée. Oh ! flûte alors, c'était vraiment impossible, avec ce maudit manteau. Elle lâcha sa main gauche et tripota les boutons, qu'elle réussit à défaire. Elle libéra sa main droite qui lâcha le parapluie.

— Oh, attention ! s'exclama-t-elle.

Telle une lance, la pointe du parapluie visa la tête de Ted et atteignit son but. Le parapluie s'inclina et sa poignée accrocha un barreau, où il resta suspendu en attendant le prochain coup. Sous le choc de ce harpon inattendu, Ted brassa l'air au-dessus de lui, manquant perdre l'équilibre. Il se colla contre l'échelle et, fidèle à elle-même, la poignée du parapluie lui donna un coup sur le nez. Il jura.

Oh ! ce n'était certainement pas Mr. Foxon. Elle devait se hâter.

Sir George rassembla ses troupes et choisit des gardes parmi les hommes les plus fiables qu'il posta aux deux portes de l'église. Plein de curiosité, le gros des villageois approcha pour regarder, critiquer et superviser. Ils furent refoulés. La place des hommes âgés, des femmes et des enfants était à l'arrière. Pour qu'ils demeurent en ordre, sir George leur proposa de continuer. Du bon boulot, leur petit chant. Ça avait fait fuir l'ennemi. On ne sait jamais. Il y en avait peut-être encore quelques-uns cachés dans l'église. Un petit coup de cacophonie devrait nettoyer tout ça. Nigel et le jeune Hosigg, le contremaître de la ferme, furent détachés pour conduire l'assaut. Ils grimpèrent sur des épaules pour passer par les fenêtres brisées.

— Pas d'ennemi en vue ! crièrent-ils.

Tandis que les renforts les suivaient, ils se déployèrent, enlevèrent la barre des portes et les ouvrirent. Les troupes de réserve se bousculèrent à l'intérieur. Ils regardèrent autour d'eux et fouinèrent, poussèrent des oh ! et des ah ! et un ouvrier agricole grimpa sur les marches de la chaire, qui s'effondrèrent. Pendant ce temps, Nigel explorait le chœur de l'église. Il se dirigea vers l'autel. Il resta un instant pétrifié puis se pencha et souleva la nappe pourrie qui enveloppait, tel un linceul, le corps de la poupée. Il resta un instant sans bouger et déglutit plusieurs fois, avant d'aller chercher son père.

Miss Seeton venait juste de parvenir à libérer son autre bras lorsqu'une nouvelle secousse la força à saisir brusquement un barreau et à lâcher son sac.

— Oh ! faites attention ! s'écria-t-elle, consternée.

Qu'est-ce que cette mégère lui balançait, maintenant ? Ted pencha la tête en arrière et le sac le frappa de plein fouet. Il poussa un hurlement de rage et, aiguillonné par la douleur, s'élança de plus belle. Ou il aurait sa peau, ou il en crèverait ! Miss Seeton atteignit la plate-forme, essaya d'y prendre pied, et l'échelle récalcitrante la projeta à genoux contre le mur. Ted éclata de rire. Plus que un mètre et il la tenait. Le duffle-coat lui atterrit dessus, déployé dans sa chute, les manches tendues, prêtes à la danse. Aveuglé, étouffé, il lutta contre ce nouvel obstacle ; mais, comme si en se débarrassant du poids de Miss Seeton elle se débarrassait en même temps de toute responsabilité, l'échelle se redressa en vacillant, oscilla, indécise, puis pencha, prit de la vitesse et alla embrasser le mur d'en face. Dans un craquement déchirant de bois brisé, la moitié supérieure cassa. Ted lâcha prise. Le manteau se dégagea. Ted poussa un hurlement, et, à la lueur de sa lampe électrique, battit son dernier *pas seul** dans l'air — et le manteau, qui fut son partenaire dans cette danse de la Mort, poursuivit sa chute derrière lui.

Le hurlement de Ted, assourdi par la distance et la porte, résonna sinistrement dans l'église. L'armée de sir George s'arrêta net. Certains désertèrent. Les braves resserrèrent les rangs et se consultèrent.

— Merde ! ça fout la pétoche.

— D'où ça pourrait bien venir ?

— Mais y a rien nulle part !

— Non, sauf l'vieux beffroi.

— C'était pas des chauves-souris, ça non.

Inquiets, ils se précipitèrent vers la porte du clocher. Avant qu'ils l'atteignent, un craquement, puis un cri perçant qui partait d'en haut et dégringolait crescendo, suivi d'un son mat qui ébranla la porte, leur parvinrent. Ils reculèrent, atterrés. Nigel, qui revenait

* En français dans le texte. *(N.d.T.)*

accompagné de sir George, rejoignit le jeune Hosigg et ils se précipitèrent sur la porte. Dans la lumière d'une lampe électrique, ils virent les cloches, deux corps masculins, une échelle brisée, un sac à main, son contenu répandu, un manteau vide et, sur le côté, un parapluie en soie, cassé. Un sac à main... un parapluie ? Avec un sombre pressentiment, ils regardèrent de nouveau. Il n'y avait rien d'autre à voir.

Dehors, l'arrière-garde se sentait inspirée. Il était absolument clair qu'il se passait des choses essentielles. Les hôtes du Diable étaient dans cette église. Et qui, je vous le demande, les en avait fait sortir ? Elles ! Et qui avait eu cette idée ? je vous pose la question, encore elles ! Sir George avait raison. Il fallait en finir. Et proprement. Elles pressèrent le pasteur, encouragèrent le chœur et élevèrent la voix en chantant *Jérusalem.*

« ... moi, ma lance. O nuages, dé-éployez... »

C'était une nuit pour prier. Toutes les requêtes leur furent accordées. Les nuages se déchirèrent et les contours de l'église apparurent dans la lumière tamisée de la lune : le toit, les créneaux, le clocher, une gargouille à chaque angle... Chaque... angle ? Mrs. Blaine glapit sous le choc, Miss Nuttel se mit à trembler, tous tendirent le cou pour regarder, et ils virent une cinquième gargouille blottie tout en haut. Leur chant mourut dans leur gorge, leur courage guerrier refroidit. C'était au pasteur d'agir. Profondément impressionné par ce qu'il s'était passé, et humblement conscient que Dieu avait étendu Sa main pour bénir leur entreprise, il savait que son chemin était tout tracé. Il était de son devoir impérieux, il s'en rendait compte à présent, de mettre fin à la profanation d'une maison consacrée. Il s'avança avec hardiesse, sous Sa protection, pour affronter la monstruosité impie.

— Arrière ! cria-t-il.

Sa voix et son courage se raffermirent. Il se fit grave.

— Je t'ordonne, esprit impur, de quitter ces lieux et de retourner dans tes Enfers, où tu brûleras d'un feu éternel !

La tête de la gargouille se tourna lentement vers eux. Ils reculèrent. Ils virent ses yeux rouler et lancer des flammes, sa langue fourchue darder. Le révérend Arthur fortifia son âme.

— Arrière ! dis-je, esprit maudit ! Descends tout de suite ! Arrière !

La scène fut baignée dans la lumière des phares de deux voitures qui arrivaient au portail. Des uniformes surgirent de l'une, Bob Ranger de l'autre, juste à temps pour assister au refus de l'impie.

— Je suis désolée, Mr. Treeves ! cria Miss Seeton. Je ne peux pas descendre, je suis bloquée !

CHAPITRE XIII

Le Yard était maintenant officiellement chargé de l'affaire et Delphick s'installa une fois de plus au *George and Dragon,* où, à sa troisième visite, il commençait à se sentir chez lui. Il pensa un instant qu'au vu des événements que Miss Seeton venait de vivre, et de son aptitude infaillible à devenir le centre de toute tornade qui se présentait, il serait peut-être plus simple, à la longue — maintenant qu'elle était accréditée auprès de la police — que les autorités pensent à agrandir le poste de police de Plummergen, dont l'effectif complet en temps normal était l'agent de police Potter, Mrs. Potter, Amelia Potter, trois ans, et un chat qui s'appelait Tibs, avant d'installer un détachement Seeton complété par une unité mobile : celle-ci pourrait être en liaison permanente pour l'assister dans ses exploits où et quand ils auraient lieu. Dans quelle affaire s'était-elle encore fourrée ? Que les types de Conscience aient voulu voir ses notes sur la réunion, c'était logique. Mais quand leur première tentative avait échoué, ils auraient dû savoir que c'était trop tard pour une seconde. Rien. Il ne voyait rien qui puisse expliquer qu'on ait tenté par deux fois dans la nuit de la supprimer. On pouvait à la rigueur concevoir que la seconde tentative avait pour source le ressentiment, chez les adorateurs du Diable, qui ne supportaient pas de voir leurs mystères dévoilés par une étrangère. Mais à la rigueur seulement. Il devait y avoir autre chose, parce que tuer pour un mobile si faible avait quelque chose d'inouï qui confinait à l'absurdité. Et puis Foxon, qui s'était remis et ne souffrait que d'une légère commotion, soupçonnait que, d'après la vision fugitive qu'il en avait eue à l'autre bout de l'église mal éclairée, son assaillant devait être l'un des durs qui l'avaient jeté dehors à la réunion de Maidstone. Le corps, qu'ils n'avaient toujours pas identifié, portait un anneau de plastique noir, ce qui le reliait à Conscience. Cela voulait-il dire qu'il y avait un lien entre les deux escroqueries ? Il avait interrogé Miss Wicks, mais rien dans son explication sibilante concernant la dame et l'as de pique et le sentiment d'une menace dans la maison de Miss Seeton ne lui avait été d'aucune aide. On pouvait difficilement apporter une telle bouillie comme preuve concrète d'une mauvaise intention, même contre la puissance des astres. Heureusement, l'état de grâce de Miss Seeton semblait se communiquer aussi à ses amis. Grâce à son chapeau qui lui avait sauvé la vie, Miss Wicks, installée à la clinique du Dr Knight au milieu d'une profusion de fleurs, de fruits et de gelées maison, était aux anges, elle qui avait risqué l'enfer, et sifflait à qui mieux mieux son histoire à un flot incessant de visiteurs. Elle avait même obtenu un paragraphe avec un gros titre dans le journal local, mais comme elle n'avait subi que des violences physiques, sans vol ni viol, elle n'avait pas eu droit aux grands quotidiens. Il devait y avoir quelque chose à Sweetbriars que quelqu'un voulait. Quelque chose qu'il était sûr d'y trouver. Et comme seuls les tiroirs du secrétaire avaient été fouillés, il devait l'avoir découvert. Delphick essaya de nouveau.

— Êtes-vous certaine qu'il ne manque rien ? Un papier quelconque qui aurait été dans votre bureau ? Peut-être un de vos croquis ?

Agenouillée par terre avec son carton à dessins, Miss Seeton écarta les mains.

— C'est très difficile d'en être sûre, commissaire. La plupart de mes croquis ne sont que des esquisses, et je les oublie. Mais je les ai passés en revue et je ne vois pas ce qui manque.

Delphick fronça les sourcils.

— Rien que vous ayez dessiné récemment ? Rien qui vous ait paru étrange d'une façon ou d'une autre, dans un dessin que vous auriez fait dernièrement ?

Miss Seeton avait l'air désemparée.

— Eh bien, non. Je ne vois rien.

Mais la mémoire lui revint soudain.

— Oh ! sauf l'église.

— Quelle église ?

— Je n'en ai aucune idée. Ce doit être une église que j'ai vue une fois et dont j'ai pris des notes pour m'en souvenir, et puis non. Je veux dire que je ne m'en suis pas souvenue.

Le sergent referma son calepin. Elle avait retrouvé la forme. En général, l'Oracle la suivait, mais, pour lui, ce n'était pas la peine de prendre en sténo un discours en javanais.

Miss Seeton parut se souvenir.

— Et puis il y avait cette aquarelle que j'ai faite près de la mer, juste un petit quelque chose qui serve de référence, pour le concours de dessins des enfants.

— Où est-elle ?

— Je ne sais pas, avoua-t-elle. Je crains de l'avoir perdue. Je suis si distraite. J'ai dû en faire une autre.

Le commissaire se mit à arpenter le salon.

— Je vois. La deuxième, la copie, je peux la voir ?

— Mais bien sûr ! s'écria Miss Seeton en se levant. Je suis certaine que Mr. Jessyp n'y verrait aucun inconvénient. Elle est à l'école. Il voulait accrocher les dessins sur le mur de la classe ce matin, avec le mien, pour donner une idée de la vue qu'ils ont essayé de peindre.

Ils se rendirent à l'école.

Delphick fut frappé par la qualité des dessins de gamins qui n'avaient pas plus de onze ans et surpris par les collages et le poème.

— Vous voulez dire qu'ils peuvent s'en tirer en faisant des trucs pareils ? De mon temps, quand on nous disait de dessiner, on dessinait, ou alors on avait des ennuis.

— Mais l'essentiel, c'est de leur apprendre à voir, répliqua Miss Seeton.

Quoi qu'il en soit, son aquarelle n'était pas exposée. Elle regarda autour d'elle et vit sa boîte à dessin, sur la table du professeur. Elle l'ouvrit, et ce qu'elle vit la déconcerta. A côté d'elle, Delphick examinait attentivement le lavis sombre, dans des teintes sépia, gris et noir. Une église se fondait dans un ciel nocturne, au cœur d'un bois qui descendait et menaçait de l'engloutir. Une impression de danger planait dans l'air, comme si la foudre allait frapper d'un instant à l'autre et que des coups de tonnerre allaient éclater.

— C'est l'église qu'il vous manquait ? demanda Delphick.

— Oui, répondit Miss Seeton, sans ajouter un mot.

Delphick attendit. C'était vraiment difficile. Miss Seeton savait qu'elle devait être précise. La précision était si importante pour la police. Mais comment l'être avec quelque chose qu'elle ne comprenait pas ? Quelque chose qui aurait dû être impossible ? Quelque chose qui, de toute façon, était précisément à l'opposé de ce à quoi elle s'attendait ?

— Oui ? fit Delphick, pour l'inciter à parler.

— C'est un peu difficile. Je crains de ne pas comprendre.

Si elle ne comprenait pas, se dit Bob, c'était fichu ! C'était déjà difficile quand elle savait de quoi elle parlait, mais... Il s'approcha pour regarder la peinture. Mince alors ! Plutôt lugubre. Du style chauves-souris dans le clocher et des trucs comme ça. Des chauves-souris dans le... Mais c'était cette sacrée église où ils étaient la nuit dernière ! Et sur le côté, le clocher où ils l'avaient vue apparaître. Ils avaient même dû appeler les pompiers pour la faire descendre. Quand diable avait-elle pu faire ce petit chef-d'œuvre en deux temps, trois mouvements ?

— Cela ressemble un peu à l'église où Mr. Foxon m'a emmenée la nuit dernière, dit timidement Miss Seeton. Je suis tellement soulagée de savoir qu'il va bien. Mais l'accident de l'autre jeune homme... C'est horrible ! Et je sens que dans un certain sens j'en suis un peu responsable. Il était tellement pressé qu'il a fait osciller l'échelle et j'ai malheureusement laissé tomber des choses.

Delphick réprima un sourire. Il aurait plutôt dit qu'elle l'avait littéralement bombardé, entraînant sa mort. Du bon boulot.

— Quand avez-vous fait cette peinture de l'église ?

— Oh ! mais je ne l'ai pas faite. Je ne l'ai jamais vue. La peinture, je veux dire. Enfin, je ne vois pas comment elle est arrivée ici.

Le commissaire regarda attentivement Miss Seeton. Avait-elle eu, comme Foxon, une commotion cérébrale ? Bien, il fallait y aller doucement.

— Vous dites que c'est la peinture de l'église qui était perdue, et maintenant la voici retrouvée.

— Oh ! non. Elle n'était pas perdue. Elle n'a jamais été là.

Mais se rendant compte que cela avait peut-être l'air un peu compliqué, elle s'efforça de clarifier l'histoire.

— Pas l'église, non. Il est évident qu'elle a toujours été là où elle est. Mais la première, pour autant que je m'en souvienne, était de jour. Et celle-ci est de nuit. Et l'angle est différent, je crois. On ne peut pas dire *re*trouvée, parce qu'elle ne s'est jamais *trouvée* ici. La peinture, s'entend.

Delphick cligna des yeux. Et si c'était lui qui avait reçu un coup sur la tête ? Bob regarda Miss Seeton avec respect. Pour une fois, l'Oracle était dans les choux. Elle l'avait battu à plate couture. Dans l'esprit de Delphick, les faits commencèrent à prendre tournure. Elle avait peint, ou cru peindre, deux fois une marine. Deux fois, elle s'était retrouvée avec une peinture de l'église. A deux reprises, s'il voyait juste, elle avait reçu un avertissement avant-coureur de problèmes et à deux reprises, inconsciemment, elle l'avait couché sur le papier. Il fit signe à Bob de sortir son calepin et s'installa pour lui poser des questions. Il apprit où elle avait été et ce qu'elle avait fait, sa chute — elle était si distraite —, l'existence du tunnel qui conduisait à la côte. De toute évidence, la bande de Conscience pensait que Miss Seeton savait des choses qui étaient dangereuses pour eux, alors le tunnel avait peut-être son importance. Ou seulement l'église, puisque ce devait être le dessin qu'ils avaient volé. Mais comment pouvaient-ils savoir qu'elle avait emprunté le souterrain ? Et comment pouvaient-ils être au courant, pour le dessin de l'église ? Elle soutenait que la première fois elle était seule et qu'elle avait déjà refermé sa boîte à dessin et rangé ses brosses et ses peintures avant que lady Colveden ne vienne la chercher. Elle en était sûre, personne n'aurait pu voir la peinture.

— Vous-même n'avez vu personne ? Absolument personne ? Personne n'est passé ?

— Personne, commissaire. Il n'y avait absolument personne, en dehors de la jeune fille, bien sûr.

Enfin ! Et puis ? Elle avait revu la jeune fille à la réunion de Conscience. L'avait-elle revue depuis ? Non. En était-elle sûre ? Tout à fait. Mais elle avait l'impression qu'elle logeait au village. Delphick se rappela la beauté assise seule à une table dans le coin le plus éloigné de la salle, au petit déjeuner. Bon. Il aurait bientôt son nom et pourrait commencer à se renseigner sur elle. Delphick se demanda quel lien la fille pouvait avoir avec l'église.

— Cela ne vous ennuie pas de décrire à nouveau cette cérémonie à l'église, la nuit dernière ?

Les mains de Miss Seeton se mirent à papillonner. Son esprit était vide.

— Il n'y a rien de plus que ce que je vous ai raconté, commissaire. On y voyait peu et cela avait l'air assez puéril. Et puis tout s'est passé si vite. Une femme a poussé un cri, et chacun s'est enfui en courant. Je suis sûre que Mr. Foxon saurait vous en donner une meilleure idée que moi.

Delphick n'écoutait pas. Il regardait les mains qui ne cessaient de bouger. Puis il sourit et se leva. Miss Seeton fit de même, mais il rit et l'en empêcha.

— Non, pas vous. Vous restez où vous êtes, j'ai du

travail pour vous. Il vous reste encore du papier dans votre boîte à dessin ? Bien. Et des crayons de couleur ?

Ils en trouvèrent dans un tiroir.

— J'emprunte le téléphone de Mr. Jessyp, pour exploiter quelques pistes et, entre autres, voir si quelqu'un du coin connaît le tunnel, des trucs de ce genre. Pendant ce temps, je veux que vous restiez assise ici, tranquillement, et que vous repensiez à la nuit dernière. Et si quelque chose vous vient à l'esprit, peu importe quoi, même si c'est idiot, couchez-le sur le papier.

Il fit asseoir Bob sur un banc près de la porte, derrière Miss Seeton, et quitta la classe.

Bob s'assit et attendit aussi calmement que son estomac qui marquait midi et demi le lui permettait. D'après ce qu'il voyait, Miss Seeton restait simplement assise. Si elle se grouillait pas, le déjeuner leur passerait sous le nez, les gosses reviendraient pour les cours de l'après-midi et ils auraient l'air plutôt idiots, assis en train de mijoter ici dans un silence solennel. Il la regarda prendre un crayon, jouer avec, le reposer, en choisir un autre, faire quelques essais sur le papier. Et puis, soudain, il la vit travailler, rapide et complètement absorbée. Il s'aperçut que l'Oracle était de retour, debout sur le seuil, et qu'il attendait en la regardant faire. Miss Seeton termina, posa ses crayons et s'adossa pour juger de l'effet. Apparemment, ça ne lui plaisait pas. Elle s'apprêtait à déchirer le dessin quand l'Oracle se retrouva en deux enjambées près d'elle et le lui prit des mains. Elle commença à s'agiter.

— Je suis désolée, commissaire, ce n'est pas la peine. Tout est embrouillé. J'ai essayé de donner une idée de ce qu'il s'est passé la nuit dernière, mais je crains que cela ne ressemble davantage à la réunion de Maidstone, parce que les deux me semblent stupides, dit-elle d'un ton découragé.

Bob regarda par-dessus l'épaule de son chef et émit un petit rire. Oui, c'était mieux. Bien meilleur que l'autre truc sombre. Des traits vifs et sûrs montraient l'intérieur de l'église avec son allée et ses bancs vus du sanctuaire. Au premier plan, le Maître de Maidstone se tenait de profil, une main tendue avec une chandelle noire dont la cire s'égouttait, l'autre main pointant un doigt réprobateur dirigé vers les régions infernales. Devant lui, brièvement esquissée, la congrégation fourmillait dans une attitude de peur ou de dévotion. A part le Maître, seules deux ou trois autres silhouettes étaient représentées : une jeune fille aux cheveux blonds, que Delphick reconnut comme étant la beauté du petit déjeuner, une femme déplaisante avec un nez en bec d'aigle et un turban aux couleurs criardes, et un jeune homme avec des yeux rapprochés. Delphick désigna ce dernier.

— Qui est-ce ?

— Je ne pense pas que ce soit quelqu'un en particulier. Du moins, pas volontairement. C'est juste... un visage.

— Et elle ? demanda Delphick en montrant le turban.

— Je crains que ce ne soit une parente de sir George. Le chapeau — si incongru — m'a frappée. Mais c'est ce que je veux dire, tout est mélangé. Ni elle, ni cette jolie jeune fille, ni l'orateur n'étaient là. Tout le monde portait un masque. Ils étaient tous à celle où Mr. Brinton m'a envoyée. Je veux dire l'autre réunion.

Delphick ajouta foi au récit de Miss Seeton, pour sa sincérité, mais non pour son exactitude. Il ne tiendrait pas devant la cour mais, d'après ce qu'il savait d'elle et de ses méthodes personnelles, il était prêt à prendre pour argent comptant que tous les quatre avaient assisté à la messe noire la nuit dernière. Hilary Evelyn était déjà sous surveillance. Il savait que la Tantâne des Colveden s'était installée dans un hôtel à Rye. Il se demanda un instant si sir George soupçonnait ses manigances. Probablement pas. En général, les personnes les plus proches — dans ce cas-là, pas les plus chères — sont les dernières à deviner. Mais d'après ce qu'il avait entendu dire, elle avait l'air d'être tout à fait le genre à mélanger un peu de sorcellerie avec sa Conscience. Les gens qui mènent une vie stérile, comme l'homme d'affaires réaliste, sont toujours les meilleures dupes des escrocs. Et la fille, une certaine Mrs. Paynel, qui habitait Londres, d'après ce qu'il avait appris au téléphone, pourrait bien se révéler être une bonne piste. Il allait demander au Yard de vérifier et de fouiller son passé.

La radio jouait la valse de *La Veuve joyeuse.* Joy Paynel rit, tout excitée.

— Un présage. Ils jouent mon air.

Elle fit trois pas, tourna une fois, tourbillonna deux fois, sa robe de bal flottait et scintillait doucement. Puis elle se laissa tomber par terre, aux pieds de Nigel. Il lui posa la cape qu'il tenait autour des épaules. Elle se releva d'un mouvement leste, s'en fut d'un pas rapide, se retourna et fit une profonde révérence à sir George et à lady Colveden, se redressa avec un sourire radieux et disparut. Nigel fit un grand sourire à ses parents, leur dit bonsoir et lui emboîta le pas.

Miss Seeton les suivit des yeux, extasiée. Ses doigts la démangeaient de coucher tout cela sur le papier : la grâce, la séduction et la gaieté, le tourbillon du rythme, la liberté et la couleur. Quand elle serait chez elle, il faudrait absolument qu'elle essaye de rendre cette chose extrêmement difficile, cette impression frappante de mouvement.

Sir George s'éclaircit la gorge.

— Jolie fille.

— Oui...

Lady Colveden n'avait pas l'air convaincue.

— ... mais elle est un peu âgée pour Nigel et nous ne savons rien sur elle. Et puis pourquoi est-elle venue dans un petit endroit comme ici ? Paynel... Il n'y avait pas un Paynel qui conduisait des voitures de course ? demanda-t-elle, les yeux écarquillés. Il me semble me rappeler, il y a quelques années, quelque chose au sujet d'un accident dans lequel il est mort. C'était dans les journaux.

— Pas nos affaires. Un peu d'expérience ne fera pas de mal à Nigel. Il grandit, ce garçon.

— Il n'a que dix-neuf ans et...

Mais elle se tut avec un haussement d'épaules.

— Venez, Miss Seeton, le dîner est prêt. Il ne nous reste plus qu'à passer à table.

Les Colveden, qui pensaient qu'il valait mieux laisser un divertissement comme le bal de la chasse aux jeunes dans le vent, avaient insisté pour que Miss Seeton dîne chez eux. Un geste, vis-à-vis du village.

Mais le village était saturé de gestes. Ils gesticulaient et s'échauffaient en commentant les dernières frasques de Miss Seeton. Stan Bloomer et Mr. Welsted en vinrent aux coups. Frappés de stupeur en voyant de leurs yeux Miss Seeton déguisée en gargouille, ils avaient oublié l'effroi que leur avait inspiré la cérémonie d'exorcisme lorsqu'ils avaient vu — mais l'avaient-ils vraiment vu ? — un hôte des démons cauchemardesques fuir devant eux, dignes représentants du droit et de la vertu. « Elle a réglé leur compte à deux types et essayé de s'échapper du haut de la tour sur son pébroc ! » « Mais non, c'est pas ça ! Y en a qu'un qu'est mort ! L'autre est déjà sur pied. » « Pas grâce à elle ! »... Le problème pour ses défenseurs était d'expliquer comment elle était arrivée en haut. S'ils acceptaient les débris de l'échelle comme des preuves évidentes qu'elle y était montée, il leur fallait faire face à la vision d'une Miss Seeton accroupie, parapluie en main, en train de pousser les deux hommes, l'un après l'autre. Ceux qui soutenaient qu'elle avait essayé de s'enfuir en volant et s'était retrouvée coincée en eurent confirmation dans le fait qu'elle l'avait reconnu. « Elle a dit qu'elle était coincée, non ? Ils l'ont tous entendu, non ? » « Et il a fallu la plus grande échelle des pompiers de Brettenden et Willy Boorman qu'est allé tout en haut pour la descendre ! » L'opposition montrait Miss Seeton sous un jour encore plus sinistre. Mrs. Blaine raconta de nouveau l'histoire absolument horrible de Miss Seeton qui avait fait perdre connaissance à Eric en tendant simplement un bras par la fenêtre. Tout était absolument clair, maintenant. Elle avait des maléfices chez elle, prêts à assaillir quiconque serait assez fou pour s'y aventurer. Cette théorie avait rallié des voix, du fait que les Cinglées avaient curieusement quitté leur domicile le lendemain matin. Elles avaient annulé la livraison du lait en disant qu'elles seraient absentes durant quelques semaines. Personne ne savait où elles étaient allées, car elles n'avaient rien dit de leur destination, mais il était évident qu'elles avaient fui, de crainte que la colère de Miss Seeton ne s'abatte sur elles.

D'autres absences incompréhensibles inquiétaient aussi la police. Sollicitée, la police du Sussex avait envoyé un homme à l'hôtel de Rye, pour surveiller Mrs. Trenthorne, et découvert qu'elle avait payé sa note et était partie sans laisser d'adresse. D'autres personnes, dans le Sussex et dans le Kent, avaient informé la police que leur maison serait vide pendant leur absence, pour quelques semaines, mais nul n'avait donné son adresse de vacances. La plupart avaient dit qu'ils partaient en voyage. Lorsque cette information filtra, Delphick demanda qu'on fasse d'autres vérifications. On découvrit alors que de nombreuses maisons, principalement dans le Kent, étaient fermées et leurs propriétaires absents, là encore sans la moindre explication. On ne pouvait pas empêcher les gens de prendre des vacances. On ne pouvait pas les empêcher de les prendre en même temps. Mais en se rappelant ce qu'il s'était passé en Écosse, où une enquête approfondie n'avait pas donné plus d'informations, et avec ce que sir George lui avait dit sur ce qui avait échappé à Tantâne au sujet d'un lieu secret, le commissaire était inquiet. Les recherches pour trouver le tunnel de Miss Seeton s'étaient révélées infructueuses. La côte avait la réputation d'en être littéralement truffée, mais peu d'entre eux avaient été inventoriés. Les enquêteurs avaient battu le bord de mer pour découvrir le passage dont elle avait parlé, en vain. Elle les avait conduits à l'endroit où elle était tombée, mais soit le sens de l'orientation lui faisait défaut, soit les lieux avaient été habilement réparés et camouflés. Bien qu'elle semblât très éloignée, ils avaient même fouillé l'église et sondé le sol, sans résultat. Si Conscience avait un lieu secret dans les parages, le secret était bien gardé.

Après dîner, sir George voulut raccompagner

Miss Seeton chez elle. Il remarqua avec amusement, mais sans faire de commentaire, qu'elle avait un nouveau parapluie. C'était un engin costaud en nylon, avec un manche solide en acier. On l'avait livré à Sweetbriars avec une lettre d'excuses de la part de l'inspecteur principal Brinton, pour le fiasco de l'église. L'inspecteur principal lui demandait si elle voulait bien considérer le parapluie ci-joint comme un outil de travail, à remplacer si besoin était. Entre-temps, il avait envoyé en réparation les restes de son parapluie en soie avec la poignée en or qui avait été trouvé dans le beffroi et que Delphick lui avait offert lors d'une précédente occasion, et on le lui retournerait dès qu'il serait prêt. Mais il aimerait lui suggérer que, à l'avenir, elle n'en fasse usage que pour des occasions relativement sûres, telles que prendre le thé avec des amies. En privé, l'inspecteur principal pensait qu'occasions sûres et Miss Seeton ne rimaient pas et que, dans son cas, prendre le thé au presbytère pourrait aussi bien tourner au grabuge que n'importe quelle aventure dans laquelle elle irait se fourrer. Il y avait autre chose aussi, qui avait surpris Miss Seeton. Bien que, naturellement, elle ne doive pas en abuser. Aurait-elle l'amabilité, insistait Brinton, de dresser la liste des chapeaux détruits pendant le service ; et aussi des vêtements à faire nettoyer ou à remplacer ? Miss Seeton se dit que cela devait être un autre trait de l'humour quelque peu acerbe de Mr. Brinton.

Sir George souhaita bonne nuit à Miss Seeton et attendit un moment, après qu'elle eut fermé sa porte. Pas de bruit de serrure ou de verrou. Pouvait rien faire. Ne jamais donner d'ordre dans une caserne qui n'est pas sous vos ordres. Il regarda en bas de la Rue. Plutôt calme. Ça devrait aller. Il tourna les talons pour rentrer chez lui. Jolie fille, Mrs. Paynel. Un peu vieille pour Nigel. Meg avait raison. Mais fallait pas s'en mêler. Ne jamais rien imposer à un homme en dehors du terrain de manœuvres. Il rentra lentement à Rytham Hall. Peut-être que tout irait bien après tout, se dit-il.

CHAPITRE XIV

Arrivée chez elle, Miss Seeton se précipita sur son secrétaire, prit des crayons, des pinceaux, des aquarelles et entreprit de capter le côté pétillant de Mrs. Paynel : sa vivacité, l'allégresse de son sourire, l'effervescence de son humeur. Elle travailla avec enthousiasme, rapide et insouciante, avec cette jubilation de l'artiste lorsque l'intention et la réalisation sont à l'unisson.

Miss Seeton contempla, extasiée, le portrait qu'elle avait peint. Pour une fois, et c'était sans exemple, elle avait atteint son but. Joy Paynel glissait littéralement sur le papier, les bras grands ouverts, elle riait dans un tourbillon de mousseline. On pouvait presque deviner son prochain geste alors qu'elle faisait une révérence. Le portrait réveilla d'un long sommeil une vieille ambition. Miss Seeton se demanda si elle n'avait pas enfin fait des progrès, si, en toute humilité, elle ne pouvait pas se considérer comme une vraie artiste. Mais non. Cela semblait tellement peu plausible, à son âge. Elle examina de nouveau le portrait, en essayant de reconnaître ses mérites avec impartialité. L'enchantement s'évanouit lentement. Devant ses yeux, les couleurs s'estompèrent et se transformèrent, les lignes qui couraient librement s'empesèrent et le mouvement se suspendit, tandis qu'un autre portrait, différent, se superposait. Les cheveux blond-roux et la ressemblance des traits demeuraient, mais le rire s'était enfui. Les yeux baissés, la silhouette habillée de bleu avec une cape turquoise était assise, bras ballants, les mains tournées vers le haut, paumes ouvertes, sur les genoux. Une autre humeur transparaissait, imprégnée de tristesse et de douleur, criante de désespoir. C'était ridicule. Ses yeux fatigués lui jouaient un tour. Elle posa de nouveau son regard sur le portrait en se réprimandant d'avoir été si contente d'elle. La silhouette assise la narguait. Miss Seeton se leva et fit quelques pas. Elle ne la regarderait plus avant de pouvoir la juger convenablement, et sans que cette triste vision due à une imagination fatiguée ait disparu. Elle alla dans la cuisine et remplit la bouilloire pour préparer ce remède à tous les maux anglais : une tasse de thé.

La déception attendait Nigel au bal de la chasse. La soirée avait bien commencé. Joy avait été charmante avec ses parents, joyeuse dans la voiture et enjouée au bal. Il avait connu le plaisir vaniteux du mâle que ses congénères envient. Tous les hommes qu'il connaissait lui demandèrent à être présentés. Mais elle n'avait dansé qu'avec lui.

Pendant le dîner où ils se retrouvèrent à une table de six, il avait amusé les autres en leur racontant l'exorcisme. Grisé par le succès, il n'avait pas remarqué que la réaction de Joy était assez peu enthousiaste. Elle était devenue silencieuse et souriait de façon mécanique. Pour couronner son histoire, il leur fit une description pleine d'esprit de l'agression contre Miss Wicks et provoqua l'hilarité générale. Hormis celle de Mrs. Paynel.

Pour Joy, c'était comme si un kaléidoscope tournait dans sa tête. En un éclair, tous les motifs éblouissants, de formes différentes, qui avaient façonné son mode de vie jusqu'à présent s'assemblèrent en une image déplaisante, gagnèrent une dimension qui lui fit entrevoir sa chute. Elle fut reportée quatre années en arrière, ou était-ce quarante ? et se souvint. Elle se souvint du bonheur. Mariée depuis deux ans et amoureuse, amoureuse de la vie, amoureuse d'une nouvelle vie qui surgissait en elle. Elle se souvint... tués tous les trois, d'un seul coup, entre une tache d'huile et un virage sur la route et... Elle n'avait jamais su ce que la voiture avait heurté. A cause de sa fierté de partager la vie de Peter, à cause de cette fierté-là, elle avait mis un terme à sa vie. Le trophée de la course qu'il avait gagné à Brand's Hatch cet après-midi-là était soigneusement posé à l'arrière. Il devait se détendre, elle les reconduirait chez eux, elle lui montrerait qu'elle pouvait le soulager, quand il le fallait. La vie, les rires. Un bref instant de panique et de lutte et puis la mort, le rire qui s'éteint, le rire qui s'achève, coupé par la terreur, quand elle avait perdu le contrôle. Un dernier souffle, un souffle d'agonie. Quatre ans. Et elle ne pouvait, elle ne voulait toujours pas l'accepter. Cela aurait-il été plus facile si on lui en avait voulu ? Si on lui avait donné quelque chose à combattre au lieu de la laisser seule avec sa culpabilité ? Seule. La compassion du coroner, la gentillesse des parents de Peter... L'enfant devait porter le nom du père de Peter ou s'appeler Roberta, si c'était une fille. De la compréhension de toute part. Sauf en son for intérieur. Alors elle avait décidé de fuir, de les fuir tous, en se disant que, puisque son âme était morte, elle n'avait plus à taire les élans de son corps. Elle se mit à coucher avec n'importe qui.

En rencontrant Duke par hasard lors d'une soirée, elle était devenue par hasard sa maîtresse. Elle lui était utile. C'était un bon agent commercial pour la sorcellerie, mais de l'autre côté, pour Conscience, elle avait regimbé. Elle assistait de temps en temps à une réunion mais ne voulait pas se joindre à eux et elle partageait avec N une antipathie réciproque. A présent, elle se retrouvait dans un dîner avec cinq personnes heureuses qui parlaient et riaient. L'histoire de Nigel la força à se regarder en face. C'était elle qui avait parlé à Duke du dessin que Miss Seeton avait fait de l'église. C'était elle la responsable de l'agression contre cette vieille femme. Elle s'était dit que ses actes ne regardaient qu'elle et, tout à coup, elle recevait de plein fouet l'annonce de leurs conséquences sur les autres. Où allait-elle ? Que faisait-elle ? Nigel, sa famille, cette Miss Wicks, Miss Seeton, le village tout entier : des gens insouciants et innocents qui ne faisaient de mal à personne. Et elle, qui n'était pas innocente, leur causait du tort sans même y penser. Beaucoup de choses sur lesquelles elle avait fermé les yeux lui apparaissaient maintenant sous un jour sordide. Elle savait que Duke faisait chanter les gens et que cela avait provoqué des suicides, mais elle était restée indifférente. Cela ne la concernait pas. Il y avait eu des accidents, aussi. Mais maintenant, en y voyant plus clair, était-ce vraiment des accidents, ou l'élimination de simples éléments embarrassants qui auraient pu se révéler dangereux ? Elle était parfaitement consciente que Duke et N étaient sans pitié dans leur quête d'argent. Avait-elle pressenti les meurtres et fermé les yeux ? Une chose dont elle était certaine, c'est qu'elle devait retourner au village avant qu'il soit trop tard. Retourner ? se dit-elle avec amertume. Était-ce possible ? Pouvait-on jamais revenir en arrière ?

Le dîner terminé, Joy prétexta une migraine et demanda à partir. Nigel était désolé de voir le changement qui s'était opéré en elle. Elle avait les traits tirés et était toute pâle. Sentant qu'il en était en partie responsable, il coupa court à ses excuses et la raccompagna au *George and Dragon,* où elle fit amende honorable. Elle s'accrocha à lui en l'embrassant pour lui souhaiter bonne nuit et lui promit que tout ce dont elle avait besoin, c'était une bonne nuit de repos. Elle accepta de déjeuner avec lui le lendemain. Elle resta sur le trottoir en agitant la main, tandis que, de nouveau heureux, Nigel faisait demi-tour et rentrait chez lui.

On frappa à la porte. C'était vraiment curieux. Il était bien tard, pour une visite. Miss Seeton hésita et, posant le plateau du thé en équilibre au bord de la petite table de l'entrée, elle tendit le bras et souleva le loquet. Doux Jésus ! Mrs. Paynel. Quelle coïncidence ! Miss Seeton la dévisagea avec incrédulité. Juste au moment où... Mais non. Elle n'allait même pas penser à cette aquarelle avant d'avoir pris une tasse de thé. Quand elle la regarderait de nouveau, elle s'apercevrait — elle en était sûre — que c'était ce qu'elle avait dessiné, bien que certainement pas aussi bon — craignait-elle — que ce qu'elle avait espéré, et pas vraiment ça. Ce qu'elle avait dessiné, s'entend.

— Puis-je entrer ? demanda enfin Joy.

Craignant d'avoir peut-être manqué de l'empressement auquel on pouvait s'attendre de la part d'une maîtresse de maison, Miss Seeton recula, gênée. La porcelaine cliqueta et le plateau pencha. Joy le lui prit des mains.

— Bien sûr ! Je vous en prie. Je suis désolée. Si vous voulez bien le poser là, dit-elle en montrant le salon. Je vais chercher une autre tasse.

Elle se précipita à la cuisine. Lorsqu'elle revint avec la tasse et une assiette de biscuits, Joy Paynel avait jeté sa cape sur une chaise et se tenait assise près du feu, le regard dans le vide. Miss Seeton ajouta une bûche, s'assit et tira la table à elle.

— Je suis vraiment désolée, j'aurais dû vous demander : c'est du thé de Chine. Vous le voulez fort ou léger ? Avec du sucre ? Du lait ?

La jeune fille revint à la réalité. Le thé fut servi ; elle refusa l'assiette de gâteaux.

— N'ouvrez jamais votre porte la nuit à moins de savoir qui c'est, dit-elle brusquement.

Miss Seeton fut surprise. Tellement inhabituel que les jeunes donnent des conseils ! Bien sûr, elle savait que cela partait d'une bonne intention et c'était sans aucun doute une précaution sensée à Londres, où Mrs. Paynel habitait. Mais elle n'avait de toute évidence aucune idée de la vie dans un village, où les gens rentraient tôt chez eux. Et ils ne se rendaient jamais visite tard. A moins, bien entendu, de circonstances inhabituelles. Ou pour une urgence. Auquel cas, ce serait très mal de ne pas ouvrir. Après tout, Mrs. Paynel lui rendait une visite tardive et elle n'aurait pu entrer si elle ne l'avait pas fait. Enfin, si elle n'avait pas ouvert la porte. Miss Seeton fut frappée de voir combien Mrs. Paynel était différente de la jeune fille qui riait en partant au bal. Presque une autre femme.

Cette autre femme se mit à parler sur un ton d'urgence, se fit des reproches et essaya de persuader son hôtesse du danger qu'elle courait. Elle n'y parvint pas. Elle expliqua que l'agresseur de Miss Wicks devait être l'une des petites frappes de Conscience qui l'attendait chez elle dans l'espoir d'assassiner sa propriétaire à son retour. Tout d'abord Miss Seeton passa de l'incrédulité à l'indignation. Personne n'aurait pu l'attendre chez elle, puisqu'elle n'y était pas. Quant au meurtre, elle trouva l'idée aussi mélodramatique et désagréable que ridicule. En ce qui la concernait.

— Pour une détective, vous êtes drôlement innocente, ou alors, vous êtes brillante, fit Joy d'un ton sec.

Miss Seeton fut choquée. Elle mit tout de suite les choses au clair. Elle n'était en aucun cas rattachée — du moins pas de cette façon — mais seulement attachée — et même ça, d'une manière tout à fait différente de celle suggérée par Mrs. Paynel — à la police. Pour faire des portraits-robots, ajouta-t-elle afin de dissiper l'ambiguïté. Quand Joy lui demanda si elle avait fait des portraits-robots la veille à l'église, Miss Seeton se sentit embarrassée, puis gênée, lorsque sa visiteuse reconnut avec franchise qu'elle s'y trouvait.

Joy se pencha en avant et posa sa tasse, à laquelle elle avait à peine touché, sur la table.

— Peut-on revenir en arrière ? Est-ce qu'on peut revenir en arrière si on s'est conduit comme une imbécile ? demanda-t-elle.

Miss Seeton réfléchit. C'était une question si difficile ! En plus, elle n'y avait jamais pensé. Finalement, dans l'ensemble, elle décida qu'on ne pouvait pas. Ou sinon, on en profiterait sûrement bien peu, puisqu'on se retrouverait au début et prêt à renouveler les mêmes erreurs. Sensible au dilemme de Miss Seeton, Joy se leva pour venir s'asseoir sur le bras de son fauteuil et lui sourit.

— Écoutez, vous ne me comprenez pas, et je vous ai certainement mal jugée. Mais je vous supplie de me croire quand je vous dis que vous êtes en danger. Je sais de quoi je parle. Et je serais moi-même en danger s'ils savaient que j'ai tenté de vous avertir, dit-elle avec un rire bref.

En danger ? Miss Seeton commença à s'inquiéter. Bien que ce soit ridicule, évidemment, en ce qui la concernait, d'autres personnes se mettaient en difficultés et parfois même en danger, à ce qu'elle savait.

— Vous voulez vraiment dire que ces gens essaieraient sérieusement de vous tuer ? Cela me paraît tellement... excusez-moi... mais tellement exagéré.

— Rien n'est exagéré dès qu'il s'agit d'argent. Ils le feraient.

Elle regarda ses mains paumes ouvertes tournées vers le haut, posées sur ses genoux, et frissonna.

— Je n'aurais jamais cru que cela me ferait quelque chose. Je croyais être morte dans un hôpital, il y a quatre ans.

Miss Seeton poussa un soupir. Elle aurait bien voulu que les gens ne parlent pas par énigmes. Elle prit les mains froides de la jeune fille.

— Je vous en prie, Mrs. Paynel, si les choses sont comme vous le dites, ne serait-il pas plus sage d'en parler au commissaire Delphick ? Vous verrez, il est tellement compréhensif, et je sais qu'il fera tout son possible pour vous aider.

Joy parcourut la pièce des yeux. Ce lieu, ce drôle de petit personnage, sir George et lady C... Nigel. Inconsciemment, elle prononça ce dernier nom tout haut. Elle se leva, prit sa cape et s'en enveloppa.

— A quoi ça servirait ? Comme vous n'avez pas pu le dire : on ne peut pas revenir en arrière.

Miss Seeton se leva rapidement.

— Oh ! mais je n'ai pas voulu dire que... Ou plutôt, c'est-à-dire que... Si je l'avais dit, je n'aurais pas dû. Mon sentiment profond, je crois, c'est que cela ne servirait à rien, parce qu'on ne ferait que revenir là où l'on se trouvait avant. Mais pas dans ce sens. De revenir en arrière, je veux dire. On doit toujours, enfin du moins je l'imagine, aller de l'avant. Quant à tout ce qui est arrivé dans le passé, je ne sais pas, mais cela ne pourrait-il pas nous donner un meilleur sens des valeurs, et nous aider, peut-être, et faire en sorte que nous puissions réussir notre vie et comprendre l'avenir ? Comme l'histoire. Seulement, bien sûr, cela n'arrive jamais. Les gens ne le comprennent pas. L'avenir, je veux dire.

Miss Seeton, qui n'avait jamais, de sa vie, appris les choses par expérience et ne le ferait jamais, et dont l'histoire était jonchée d'incidents pour la plupart nés de l'incapacité à comprendre le passé, doutait fort d'avoir été claire.

— Je suis absolument désolée, je parle beaucoup trop et je crains de ne pas vous avoir été d'un grand secours.

Joy la regarda affectueusement.

— Je ne dirais pas ça. Je parlerai à votre commissaire demain. Quant au reste, je déjeune avec Nigel. Qui sait ? On verra bien. Maintenant, vous allez fermer la porte derrière moi, dit-elle une fois dans l'entrée.

Miss Seeton revint dans le salon et s'assit à son bureau où elle inclina l'abat-jour pour examiner la peinture. Comme elle s'y était à moitié attendue, c'était le portrait d'une femme triste assise. Elle dut reconnaître qu'il ressemblait beaucoup à Mrs. Paynel lorsqu'elle était sur le bras du fauteuil, les mains sur les genoux. Mais elle se demanda pourquoi elle s'était trompée dans les couleurs. La robe de Mrs. Paynel était dans les tons gris et rose et la cape d'un velours doré. Là, la robe était verte et la cape turquoise. Cela lui rappelait vaguement quelque chose, mais elle ne savait pas quoi. Peut-être un portrait d'une madone, une pietà qu'elle avait vue à un moment donné et copiée inconsciemment ? Aucune image de ce genre ne lui vint à l'esprit. Et pourtant, ce sentiment de déjà-vu la titillait. Les cheveux blond-roux, la robe verte, la cape turquoise... Non, décidément, rien n'y faisait.

Heureuse de sa rencontre avec Miss Seeton, Joy Paynel ferma le portail du jardin qui grinça derrière elle et tourna à droite pour rentrer au *George and Dragon.* Deux hommes surgirent de l'ombre d'un buisson qui recouvrait la barrière et s'avancèrent vers elle.

— T'as de drôles de fréquentations, fit Duke.

CHAPITRE XV

Nigel Colveden était engagé dans un vif débat bien qu'il fût seul : elle ne pouvait pas lui avoir fait faux bond. Et puis elle avait dit qu'elle n'annulait jamais un rendez-vous. Le patron du *George and Dragon* émit quelques réserves. De nos jours, les jeunes dames pouvaient tout autant que les jeunes messieurs découcher, et que cette Mrs. Paynel ne soit pas rentrée la nuit dernière, ça ne le regardait pas. Ses affaires étaient toujours dans sa chambre et elle lui en voudrait s'il vendait la mèche en disant qu'elle avait passé la nuit à faire la bombe. Il aurait bien aidé le jeune Mr. Nigel s'il avait pu, mais il n'allait pas donner dans la calomnie ou la diffamation.

Delphick entra pour déjeuner et Nigel le héla. Mrs. Paynel avait disparu, est-ce que la police ne pouvait pas... ? Le commissaire aussi se dit que si Mrs. Paynel lui avait posé un lapin, ce n'était pas son affaire. Par contre, vu ses soupçons, ça l'intéressait de savoir où elle était. Il interrogea le patron. Devant l'autorité, il se montra coopératif. Non, Mrs. Paynel n'était pas rentrée la nuit dernière et son lit n'était pas défait. Non, elle n'avait pas parlé de sortir et sa voiture était toujours dans le garage. Mrs. Paynel n'était pas là quand il avait tout fermé avant d'aller se coucher à minuit, mais elle avait une clef et pouvait rentrer à n'importe quelle heure.

Nigel protesta. Elle était revenue bien avant minuit. Elle avait la migraine et ils étaient rentrés tôt. Il l'avait déposée devant la porte. Elle avait bien dû entrer au pub. Delphick réfléchit. Ça paraissait curieux. Où avait-elle pu aller la nuit, sans voiture ? Pour autant qu'il le sache, elle ne connaissait personne au village. Il demanda à Nigel. Non, il ne pensait pas qu'elle ait rencontré qui que ce soit, en dehors de lui et de ses parents et de Miss Seeton, bien sûr. Miss Seeton ? Nigel lui expliqua que Miss Seeton se trouvait à Rytham Hall la veille, avant qu'ils aillent au bal. Miss Seeton... Delphick réfléchit. C'était Mrs. Paynel qui avait vu le premier dessin de l'église. En avait-elle parlé à quelqu'un de Conscience ? Il jeta un coup d'œil en direction de Sweetbriars. Il ne voyait aucune raison pour... C'était peu probable, mais il valait mieux vérifier. Il traversa la Rue. Nigel le suivit.

Interrompue dans son déjeuner, Miss Seeton fit de son mieux, à sa façon, pour se rendre utile. Ma foi, oui, Mrs. Paynel était venue la voir la veille au soir. Si Mrs. Paynel lui avait parlé de l'église ? Miss Seeton regarda Nigel, l'air gêné, et reconnut que oui. En fait, elle lui avait dit qu'elle se trouvait à la réunion qui s'y était tenue, ce qui ne lui ressemblait pas du tout, s'empressa d'ajouter Miss Seeton. Mrs. Paynel lui avait-elle donné la raison de sa visite ?

— Un danger, répondit Miss Seeton.

— Un danger pour qui ? demanda Delphick d'un ton vif.

— Eh bien, elle a parlé d'un danger me concernant. Je lui ai fait remarquer que cela n'avait pas de sens. Mais elle a aussi parlé d'un danger la concernant.

Miss Seeton se tut soudain, surprise.

— Mais, commissaire, vous ne l'avez pas encore vue ? Elle voulait tout vous raconter.

— Me raconter quoi ?

— Elle m'a dit qu'elle serait elle-même en danger si elle m'avertissait.

— De quoi ? insista Delphick.

Mais là, Miss Seeton ne put l'aider, n'étant pas sûre de ce dont elle avait été avertie.

— Qu'a-t-elle dit d'autre ?

Miss Seeton tergiversa. Elle n'était pas sûre de savoir ce que Mrs. Paynel aurait voulu garder confidentiel dans leur conversation, mais elle se souvenait de sa question : « Est-ce qu'on peut revenir en arrière si on s'est conduit comme une imbécile ? » Ce qui voulait dire, d'après elle, qu'à une certaine époque Mrs. Paynel s'était peut-être conduite comme une écervelée et le regrettait maintenant. Mais devant Nigel, ce serait une grosse erreur de répéter certaines choses qui pourraient être mal interprétées.

— Mrs. Paynel a parlé d'argent, dit-elle enfin. C'était pour cela que c'était dangereux.

Nigel ne put retenir plus longtemps la colère qu'il sentait sourdre en lui. C'était des idioties ! Elle avait dû tout comprendre de travers. Dire que Joy était une sorcière et qu'elle était allée à cette cérémonie complètement dingue...

Delphick l'interrompit :

— Taisez-vous, Mr. Colveden ! Si on veut aboutir à quelque chose, il faut qu'on sache la vérité, que ça vous plaise ou non. Continuez, dit-il à Miss Seeton.

Miss Seeton avait l'air traquée. Son regard erra dans la pièce, à la recherche d'une inspiration, s'attarda sur son bureau et se détourna, coupable, quand elle se rappela le portrait de la veille. Elle ne pouvait pas. Non, ce n'était pas possible. En tout cas, pas devant Nigel. Ce serait terriblement injuste.

— Ce serait bien mieux si Mrs. Paynel vous en parlait elle-même, dit-elle.

Delphick avait la mine sombre.

— Je crois qu'il nous faut accepter que, pour l'instant, elle ne le peut pas.

Comment se faisait-il que cette drôle de petite bonne femme ait toujours l'air d'avoir une longueur d'avance sur tout le monde sans même le vouloir ? Elle esquivait ses questions. Pourquoi ? Parce que le garçon était là ? Il était sûr que ce regard vers son bureau signifiait qu'il y avait un autre croquis. Peut-être expliquerait-il les choses, si elle ne le faisait pas.

— Allez ! vous cachez quelque chose, ce qui pourrait être vraiment dangereux, à la fois pour vous et pour Mrs. Paynel. Et tous vos dessins appartiennent maintenant à la police, dit-il en lui lançant un regard accusateur. Rappelez-vous, vous êtes sous contrat, ajouta-t-il en souriant.

Miss Seeton se leva, se dirigea vers le bureau à contrecœur et prit l'aquarelle qu'elle tendit à Delphick.

— Je ne pense pas que cela puisse vous aider, commissaire, c'est... c'est tellement différent de ce que je voulais faire.

Nigel s'approcha.

— Mais c'est la poupée ! s'exclama-t-il.

Il se tut. C'était aussi Joy. Une Joy qu'il n'avait pas connue, mais c'était quand même elle. Il revit en mémoire la poupée telle qu'il l'avait observée la dernière fois sur l'autel et ressentit la même nausée.

Delphick avait vu la poupée mutilée au commissariat. La poupée... « Tellement différent de ce que je voulais faire. » Et Mrs. Paynel avait reconnu être allée à l'église. Il se dirigea vers le téléphone. Brinton était là et fut d'accord pour envoyer la voiture de patrouille la plus proche à l'église d'Iverhurst, tout de suite. Puis Delphick appela Bob et lui demanda de venir immédiatement avec la voiture. Nigel sortit du cottage en courant.

Joy Paynel gisait sur l'autel, comme la poupée. La cape dorée pendait en plis sombres. La robe de bal retombait par-dessus, toujours chatoyante malgré sa déchirure de l'encolure à l'ourlet. La jambe gauche portait, de façon grotesque, une jarretelle verte en peau de serpent. La gorge tranchée où le sang s'était coagulé, le corps mutilé avec la croix renversée, incisée dans la chair sur l'abdomen... plus rien ne pouvait lui ôter une sérénité méritée, la dignité d'une paix éternelle.

Le Dr Knight, qui remplaçait le médecin légiste en vacances, se redressa après avoir examiné le corps, et l'inspecteur principal Brinton, qui était arrivé juste avant l'ambulance à l'église, fit son premier commentaire :

— Encore un truc rituel.

— C'est du moins ce qu'on veut nous faire croire.

Delphick s'éloigna pour laisser la place aux spécialistes.

— Alors, c'est quoi ? demanda Brinton.

Le Dr Knight ferma sa sacoche et suivit Brinton et Delphick avec Bob. Ils descendirent la nef. Quatre hommes en colère, malgré leur réserve professionnelle. Une dispute éclata dehors. En reconnaissant la voix de Nigel, Delphick dit d'un ton brusque :

— Pour l'amour de Dieu, éloignez ce garçon d'ici !

Bob fonça. Nigel était en train de se débattre avec les deux policiers en uniforme de la voiture de patrouille qui étaient arrivés les premiers sur les lieux. Bob se précipita vers eux.

— Ça va. Laissez-le.

— Elle est... ? demanda Nigel dans un souffle.

Sa gorge se serra. Il essaya de nouveau.

— Elle est... ?

— Je vous en prie, Mr. Colveden. Vous n'avez rien à faire ici. Rentrez chez vous. On vous contactera dès que possible.

— Qu'est-ce que vous voulez dire avec votre « vous me contacterez » ?

Nigel fit un écart et s'élança. Bob tendit la jambe. Nigel s'effondra. Bob lui assena un coup précis du tranchant de la main derrière l'oreille et l'étendit doucement sur le dos. Le Dr Knight les rejoignit, s'agenouilla pour vérifier son pouls, souleva une paupière et ouvrit sa sacoche.

— La manche, dit-il.

Bob enleva la veste de Nigel et releva sa manche de chemise. Le médecin passa de l'alcool, enfonça l'aiguille et poussa le piston de la seringue.

— Il ne se réveillera pas avant demain matin. L'ambulance peut le déposer chez lui, puisqu'on n'a pas besoin d'eux. Mettez-le au lit et dites à ses parents que je passerai leur expliquer.

— Vous avez fait votre possible, sergent, dit Delphick, debout à côté d'eux, mais vos réflexes sont un peu lents.

Bob le regarda, étonné, mais l'Oracle s'était tourné vers les policiers en uniforme.

— Vous auriez dû rattraper Mr. Colveden quand il

a trébuché et l'empêcher de se cogner la tête contre cette tombe.

— Je ne suis pas d'accord, intervint le Dr Knight en regardant lui aussi les deux policiers. D'après ce que j'ai pu voir, votre sergent lui a épargné le pire. Il l'a rattrapé à temps, mais le garçon s'est retourné en tombant et c'est comme ça qu'il s'est cogné le crâne. Je ne crois pas qu'il souffre de commotion cérébrale, mais je lui ai fait une piqûre au cas où.

L'équipe de patrouille sembla impassible, puis le conducteur parla.

— Dangereux, les cimetières. Et avec ces arbres qui poussent partout ! Facile de trébucher. Sans le sergent, ç'aurait pu être grave.

L'ambulance se mit en route, suivie du médecin. Delphick embrassa du regard la petite MG rouge de Nigel et évalua son sergent. Non. Cela n'irait pas. Bob aurait pu la porter sur un pied. Il demanda à un agent de l'unité mobile de la ramener à Rytham Hall. La brigade criminelle d'Ashford s'occuperait de l'église pour voir s'ils pouvaient trouver quelque chose et Brinton, demandant à son chauffeur de les suivre, monta dans la voiture de Delphick et s'assit à l'arrière avec lui, Bob au volant.

— Une seule jarretelle ? Ça voudrait dire du fétichisme ?

Delphick était maussade.

— Non, il n'y avait que celle-là.

— Comment ça ?

— Tu devrais étudier ton sujet, Chris. La jarretelle en peau de serpent est un ancien symbole de sorcière.

— Bon. Si c'est pas rituel, c'est quoi, alors ?

— Le silence, répondit Delphick. Elle était sur le point de me parler.

— Comment tu le sais ?

— Miss Seeton.

Brinton tressaillit. Delphick lui rapporta la conversation qu'il avait eue avec elle.

— Elle en sait plus ?

Le commissaire haussa les épaules.

— Je ne crois pas. Malheureusement, elle a cru bien faire en conseillant à Mrs. Paynel de venir me parler.

— Bon, maintenant ils vont viser le Pébroc.

— Certainement. Ils ne savent pas ce que Mrs. Paynel lui a dit et maintenant que la fille est morte, si Miss Seeton raconte leur conversation, cela pourrait servir de témoignage. Mais un témoignage sous serment de la part de Miss Seeton ne nous aiderait pas, parce qu'elle ne sait rien.

Brinton poussa un grognement.

— Et même si tu criais sur les toits qu'elle a témoigné, ça l'aiderait pas, parce que, comme tous ces loustics le savent, les dépositions sous serment ont tendance à foirer au tribunal, avec une bonne défense. Bon, d'accord, conclut-il, je vais la faire surveiller vingt-quatre heures sur vingt-quatre, mais avec les effectifs qu'on a en ce moment, il va falloir que j'invente des types. Et on va être complètement sous pression à partir de maintenant, ajouta-t-il d'un ton amer. Y a plus aucun espoir que les choses ne s'ébruitent pas. Ce meurtre va faire un boucan du diable !

CHAPITRE XVI

La nation ne doit pas ignorer les faits graves, et un meurtre est un fait grave. Un événement frappant s'était produit. Il avait attiré la presse, les équipes de télévision et le grand public sentimental, toujours prêt à être épouvanté par l'horreur, pourvu que ce soit vraiment horrible. La mise en scène de la mort de Mrs. Paynel présentait toutes les caractéristiques chères au cœur compatissant du public : une belle fille nue, mutilée avec un décorum, outre des relents de viol et des rumeurs de sorcellerie, et une romance macabre suggérée par le sacrifice sur l'autel de l'église. Les visites guidées en car furent hâtivement détournées. Après une visite de politesse à Iverhurst, armés de ciseaux et de couteaux pour découper et emporter des souvenirs de l'église — entreprise commerciale déloyalement contrecarrée par la police —, ces pèlerins des temps modernes avaient convergé vers Plummergen. Ils assiégèrent le *George and Dragon,* où la victime avait séjourné et où elle avait été vue vivante pour la dernière fois. En entendant parler du bal à Maidstone, ils allèrent présenter leurs condoléances à Rytham Hall, mais sir George et lady Colveden avaient gardé Nigel au secret, mis des cadenas aux portails et utilisaient une entrée latérale qui fermait à clef. Pendant deux jours entiers, les gens du cru se chauffèrent aux rayons de la gloire et racontèrent leur histoire : « Le Pébroc dans le beffroi » avait la cote. Ils parurent dans les journaux, passèrent à la télévision et montrèrent du doigt l'agent de police de garde devant le cottage de Miss Seeton. Était-ce une assignation à domicile ? Un photographe entreprenant s'était débrouillé pour prendre une photo du chapeau de Miss Seeton vu de dessus, en montant sur le toit de sa voiture et en la mitraillant de flashes par-dessus le mur alors qu'elle était agenouillée dans le jardin. Puis la tension se dissipa, grâce à la femme d'un célèbre membre du Parlement qui demandait le divorce et citait le neveu du député comme codéfendeur. Cette romance vécue qui semblait avoir tous les ingrédients d'un cas de jurisprudence s'était révélée irrésistible, et Plummergen fut une fois de plus laissé à ses propres inventions. Mais elles manquaient de leur piquant habituel. Les gens du village firent de leur mieux. Ils prirent parti, calomnièrent Miss Seeton et se calomnièrent les uns les autres, les médisances n'épargnèrent pas la police ni Nigel Colveden et on supputa de sombres histoires. Mais les tentatives avortèrent et les insinuations firent long feu. Les meneuses n'étaient pas là. Où étaient donc passées les Cinglées ?

Sous le sol de l'église d'Iverhurst, environ deux cents disciples de Conscience attendaient, contents d'eux, la fin du monde et l'extermination de leurs parents et amis. Pendant ce temps, ils se préparaient à planter les graines d'une nouvelle civilisation, sur cette planète ou sur une autre, selon leurs caprices ou leur aisance à respirer et à se transporter. La grande grotte principale avait été discrètement séparée en trois par des rideaux : le dortoir des femmes, celui des hommes et un espace commun, où les adeptes étaient assis, pratiquaient leurs exercices de respiration et conversaient. Ils faisaient des mots croisés, s'adonnaient à des jeux, lisaient ou rêvaient. Ils supportaient vaillamment l'inconfort, les maigres rations et les installations peu sanitaires sous la crypte, encouragés par la reconnaissance de leur suprême importance dans le monde à venir. La grotte inférieure, qui conduisait aux tunnels et aux issues, était territoire interdit, réservé à la hiérarchie. Les disciples avaient bien compris que le Maître, assisté de ses acolytes, les Trompettistes et les Majordomes, y passait son temps en prières. Les Majordomes faisaient la ronde à tour de rôle dans la grotte du haut, veillaient à l'ordre, rassuraient les plus craintifs, et apaisaient les querelles, dont un vif désaccord sur une question de protocole entre Mrs. Trenthorne, Miss Nuttel et Mrs. Blaine.

Une fois passé le « boucan du diable » prévu par l'inspecteur principal, Delphick et Brinton évaluèrent la situation dans le bureau de ce dernier. Ils n'en savaient pas plus qu'au début sur le meurtre de Mrs. Paynel. Ses beaux-parents, qui étaient venus de Gloucester, avaient formellement identifié le corps et pris leurs dispositions pour qu'elle soit enterrée près de leur fils. L'enquête de la police était au point mort. Tous ceux qui étaient liés de près à Conscience avaient disparu et ils n'en avaient aucune nouvelle. D'après Brinton, les types de Conscience avaient fichu le camp et tout ce que la police pouvait faire, c'était attendre qu'ils se pointent ailleurs. De toute façon, rien ne prouvait que Conscience y était mêlée.

Pour lui, à vue de nez, ça ressemblait plus à un coup des sorcières.

— Et avec un meurtre à expliquer, elles ont toutes dû enfourcher leurs balais. Et puis bon Dieu ! pourquoi des balais ? s'écria-t-il avec un regard noir de frustration.

Delphick sourit.

— Non, Chris. Je t'ai déjà dit que tu devrais réviser tes classiques. Les sorcières chevauchent des manches avec un symbole phallique au bout. La jupe en brindilles qui cache l'indécence du manche a été inventée comme camouflage à l'époque de la chasse aux sorcières. Mais je suis persuadé qu'on va s'apercevoir qu'elles ne se sont pas envolées bien loin. A mon avis, elles sont restées à terre, dans le sens littéral du terme. Et je maintiens que Conscience et les sorcières sont liés.

— Tu n'as rien qui te permette de dire ça, sauf les gribouillages de ta petite copine.

— Ça, d'une part, et on sait aussi que Mrs. Paynel a assisté à une réunion de Conscience, qu'elle portait une jarretelle de sorcière et a reconnu avoir été avec les sorcières à l'église. Et bien que Foxon ne puisse pas jurer avoir reconnu son agresseur, l'anneau de plastique noir qu'il portait nous ramène à Conscience.

— Hum, fit Brinton. Qu'est-ce qu'ils y gagneraient ?

— Je dirais au moins deux cent cinquante mille livres.

Brinton se redressa, sceptique.

— Réfléchis, Chris. Il manque environ deux cents personnes. Elles auront probablement emporté leurs objets de valeur avec elles, et même si on calcule au minimum, disons mille livres par tête, deux cent mille, ça fait un gros paquet, et il y en a probablement quatre fois autant. Non, je parie qu'ils sont dans les parages, pas loin d'ici.

Il se pencha pour étudier une fois de plus les cartes qu'ils avaient étalées sur le bureau, des vieilles et des récentes. Brinton poussa un soupir et recommença à comparer les distances, à calculer et à faire des estimations, qui ne menèrent à rien.

— Bon sang ! Chris, s'exclama Delphick, il doit bien y avoir encore des gens qui connaissent au moins quelques-uns des anciens itinéraires des contrebandiers.

— J'en doute pas, fit Brinton. Mais les vieux hiboux ont bien gardé leurs secrets. Et ça continue. Tu oublies qu'il y avait un gros trafic dans la région et que Romney Marsh en était le centre. Si les gars avaient pas fermé leur clapet, ç'aurait été terminé, leur petite affaire.

— Et ce n'est pas le cas ?

— Eh bien, répondit Brinton en haussant les épaules, d'après ce que j'ai entendu dire, ça continue toujours, bien que la moitié du temps, aujourd'hui, il s'agisse de cargaisons humaines. Et alors ? C'est pas mes oignons, c'est aux Douanes de s'en occuper.

Delphick fronça les sourcils. C'était une idée. Il s'empara du téléphone et mit près d'une heure à obtenir ce qu'il voulait. Les Douanes acceptèrent finalement d'envoyer une patrouille de deux gardes-côtes jour et nuit, pour couvrir la petite bande côtière que Delphick releva sur la carte. Il inventa comme raison officielle de leur participation un prétendu tuyau au sujet d'une contrebande d'argent et de bijoux vers l'autre côté de la Manche. Heureusement, il y avait un petit promontoire où les gardes pourraient se cacher le jour. La nuit, ils se laisseraient dériver assez près pour continuer leur surveillance. Le commissaire pouvait-il localiser avec précision la grotte dont il parlait ? Hélas non, fit Delphick. Il expliqua la situation. Les hommes pouvaient-ils parler avec Miss Seeton sur ce point ? Delphick s'y opposa. Il ne voulait pas que l'on s'aperçoive de leurs activités dans le secteur. Si ses oiseaux avaient vent de ce qui se tramait, ils allaient déserter le nid. Les Douanes firent remarquer que ce n'était pas la peine que la dame revienne sur les lieux. Si elle ne pouvait pas trouver l'endroit, d'accord. Mais les gars connaissaient assez bien le terrain et s'ils pouvaient discuter avec la dame de l'endroit où elle était allée et de ce qu'elle avait fait quand elle était tombée dans les Downs et ressortie sur la plage, ça leur donnerait peut-être un indice : la forme d'un rocher, les broussailles qui y poussaient, l'aspect des dunes quand elle était remontée, par exemple. On ne sait jamais. Ce serait dommage de manquer un truc. Delphick fut forcé de le reconnaître. Cela prendrait un petit moment aux Douanes pour qu'elles s'organisent. La marée haute était à vingt-deux, vingt-cinq. Le commissaire connaissait-il le Trou de Judy ? Non. Allez à Rye, lui dit-on, tournez à gauche en direction de Camber, puis tout droit, arrêtez-vous sur le bas-côté environ un kilomètre et demi après Camber. Faites alors un signal lumineux avec votre torche : un coup long, deux courts, un long. Avec la marée, la vedette pourrait s'approcher et la dame n'aurait qu'une petite bande de plage à traverser. C'était un endroit isolé et ils pourraient surveiller la côte en même temps. Delphick se chargea d'amener Miss Seeton à dix heures et demie. Il partait tout de suite pour Plummergen. Mais il songeait qu'un néophyte confronté à l'idiome de Miss Seeton ne s'en sortirait pas sain d'esprit. Il raccrocha et se leva. Il partait pour Plummergen...

Chris pouvait bien râler au sujet des effectifs, mais il y avait au moins un avantage à lui avoir collé un garde : pour une fois, il savait exactement où elle se trouvait et elle ne pouvait pas aller gambader toute seule et se fourrer dans le pétrin.

Dans le salon de Miss Seeton, après une série d'appels téléphoniques dans la région, Delphick reposa le récepteur. Typique. Si vous vouliez que quelque chose ne s'ébruite pas dans ce village, même les chiens en discutaient au pied des arbres alignés dans la Rue. Mais dès qu'on avait besoin de savoir quelque chose d'important, personne n'était au courant. Quelqu'un avait bien dû voir la voiture qui était venue la chercher ! Il était sûr que si Miss Nuttel ou Mrs. Blaine avaient été là, elles auraient noté la marque de la voiture, son numéro d'immatriculation et l'histoire de son conducteur. Tout aurait été faux, mais ç'aurait été au moins un point de départ. Tandis que ce balourd... ! Il regarda l'agent de police qui était de faction à Sweetbriars.

— Mais vous avez vu la voiture. Vous avez vu le conducteur. Il vous a parlé. Vous l'avez vu venir à la porte et parler avec Miss Seeton. Vous l'avez vu revenir avec elle et monter en voiture. Vous les avez vus démarrer. Bon sang ! puisque vous avez vu tout ça, vous devez bien vous rappeler quelque chose !

Le policier se dandina.

— Eh bien, m'sieur, je m'en rappelle, mais j'ai pas trop fait attention. Il portait un uniforme et il a dit qu'il était du QG et qu'y venait la chercher. Le type, il était plutôt jeune et la bagnole foncée, peut-être bien noire. Alors je me suis dit, ben puisqu'elle est pas là, je vais me faire un petit thé.

— Mais vous avez dit qu'ils étaient partis en

direction du sud et qu'ils avaient passé le canal. Ça ne vous a même pas frappé, que ce n'est pas la bonne direction ?

— C'est-à-dire, oui et non, m'sieur. Je crois qu'on peut rejoindre Ashford par cette route. C'est un peu long, bien sûr.

Delphick abandonna. Chris avait dit qu'il devrait inventer les hommes pour ce détachement. Ce spécimen-là était de toute évidence le produit d'un esprit fatigué.

Un rapport arriva d'Ashford : Potter, l'agent de police de Plummergen, avait transmis un message radio au commissariat, pendant qu'il faisait sa ronde, pour signaler une Humber noire qui roulait à toute vitesse sur la route qui traversait les Downs. Il avait fait demi-tour et l'avait suivie assez longtemps pour relever l'immatriculation, un numéro de Londres, avant de la perdre de vue. Informé de la chasse au faux policier, il dit que c'était une possibilité. Il avait cru que c'était un chauffeur au volant, mais sa casquette ressemblait à celle d'un policier, vue de loin. Il avait aussi l'impression qu'il y avait un passager à l'arrière. Un message était parvenu à toutes les voitures de patrouille, mais sans résultat jusque-là. Delphick s'organisa rapidement. S'ils ne parvenaient à retrouver Miss Seeton à temps, pourrait-on envoyer une voiture chercher le sergent Ranger pour qu'il se rende au Trou de Judy et explique la situation aux gardes-côtes ? Quant à lui, il choisit de rester à Plummergen. L'alerte concernant la Humber noire avait été donnée tout de suite après le message de Potter et on n'avait aucune nouvelle : il était donc fort possible, à son avis, qu'elle ait quitté la route quelque part dans les environs. Pouvait-on donner l'ordre à Potter de rentrer à Plummergen, pour que lui, Delphick, puisse compter sur une aide efficace en cas de besoin ? Et s'ils étaient à court de leur côté, ils pouvaient récupérer l'ex-garde de Miss Seeton, sans aucun problème. Delphick raccrocha et déplia une carte. La route qui traversait les Downs passait devant l'église et traversait Iverhurst pour rejoindre la route Londres-Hastings. Iverhurst... Ils n'avaient plus de garde à l'église, mais avec toute la publicité qu'elle avait eue, il était peu probable que... La voiture avait pu quand même passer et il paraissait logique qu'ils aient l'intention de faire quitter rapidement la région à Miss Seeton. Si elle était encore en vie. Énervé, Delphick arpentait la pièce. Il s'arrêta devant la cheminée où il se surprit à regarder l'aquarelle accrochée au-dessus : une lande balayée par le vent, une atmosphère austère, de la bruyère et des nuages fuyants. Un jour gris. Dans un éclair de génie, Bob lui avait dit un jour que c'était le portrait que Miss Seeton avait fait de lui. Les lèvres crispées de Delphick se détendirent un instant. Bob avait peut-être raison. Et Miss Seeton elle-même avait peut-être raison. Il se sentait assez austère. Assez gris. Il s'en voulut de l'avoir laissée s'impliquer dans le travail de la police et se reprocha de n'avoir su la protéger. L'innocence n'avait pas sa place dans ce jeu-là, il était payé pour le savoir ! Il avait deviné que cette équipe serait impitoyable et le meurtre de Mrs. Paynel prouvait qu'ils ne perdaient pas leur temps. Si on voulait retrouver la Humber, les patrouilles étaient le meilleur moyen. Courir çà et là en cercles inutiles ne le mènerait nulle part. Aussi, le commissaire s'installa avec toute la patience dont il était capable, pour attendre des nouvelles. C'était astucieux, d'avoir envoyé une fausse voiture de police pour venir la chercher. Même quelqu'un de moins confiant que Miss Seeton ne se serait douté de rien.

Vraiment, se demandait Miss Seeton, ne roulaient-ils pas peut-être un peu vite ? Elle avait toujours considéré les policiers comme des conducteurs si prudents. Elle avait tendance à oublier, il faut le dire, qu'ils devaient pouvoir réagir en cas d'urgence. Ce qui signifie qu'ils avaient besoin de s'y habituer, et qu'ils n'y faisaient certainement plus attention. A la vitesse, s'entend. La voiture prit un virage sur les chapeaux de roue et Miss Seeton dut s'accrocher à la poignée qui pendait entre les vitres à côté d'elle, pour ne pas se retrouver à l'autre bout du siège. Le jeune homme avait vraiment l'air bien pressé. Peut-être Mr. Brinton lui avait-il demandé de foncer ? Bien que, pour être précise, il n'eût pas nommé l'inspecteur principal. Il avait simplement dit qu'il était du commissariat d'Ashford. D'où elle en avait déduit que... Il aurait aussi bien pu faire allusion au commissaire. Mais non. Son irruption soudaine et inattendue, sa hâte, lui faisaient penser à Mr. Brinton plus qu'au commissaire Delphick, qui était toujours si calme, si organisé. A vrai dire, elle aurait bien aimé qu'il soit un peu plus explicite quant à ce qu'ils attendaient d'elle. Elle regarda le conducteur. Seules les épaules dans l'uniforme et la casquette à visière se découpaient clairement dans la faible lumière du tableau de bord. Si jeune pour être policier. A peine un adolescent. Miss Seeton sourit. On disait toujours qu'en vieillissant on les voyait toujours jeunes. Il lui avait dit qu'ils avaient besoin d'elle pour identifier quelqu'un, mais il ne lui avait absolument pas expliqué de qui il s'agissait. Il n'avait même pas précisé le lieu. Il avait dit quelque chose au sujet d'un bois, ce qui, quand elle y réfléchissait, semblait curieux comme choix. Mais elle n'aimait pas poser trop de questions. Et, de toute façon, pas à cette vitesse, ni sur une route aussi tortueuse. Heureusement, il ne semblait pas y avoir beaucoup de circulation, uniquement un policier en uniforme sur un genre de scooter. Il avait fait demi-tour pour les suivre. Elle crut un instant qu'il allait les rattraper, les arrêter, peut-être, mais non. Il les avait seulement suivis pendant un moment. Il avait sûrement reconnu la voiture de police.

La voiture quitta la route et roula quelque temps sur un terrain accidenté avant de s'arrêter sous des arbres. Le jeune homme sauta hors de la voiture et ouvrit la porte arrière. Miss Seeton vit son visage plus clairement à la lumière du plafonnier qu'à la porte de chez elle lorsqu'il était venu la chercher. Il lui rappelait vaguement quelqu'un... Mais non. Elle était sûre de ne l'avoir jamais vu auparavant. A moins qu'elle l'ait aperçu un jour au poste de police d'Ashford, sans y faire attention. Comme c'était injuste, en y pensant, d'associer des yeux rapprochés à un caractère fuyant ou instable. Les gens n'étaient pas responsables de leur physique. C'était un préjugé. Et, de toute manière, il ne serait pas dans la police avec une telle psychologie.

Le chauffeur toucha le bord de sa casquette du bout des doigts.

— Si vous voulez bien me suivre, miss, dit Basil Trenthorne.

CHAPITRE XVII

Miss Seeton suivit la lumière et le pantalon de serge bleue. Le jeune homme avait toujours l'air pressé. Au moins, le chemin était assez bien tracé, mais elle était contente d'avoir son parapluie pour écarter les ronces qui se refermaient derrière lui. Elle se sentit soulagée lorsque son guide ralentit enfin. Quelque chose luisait devant eux, à travers les arbres. Ils étaient arrivés à la lisière d'une petite clairière. Il lui fit signe de s'arrêter et éteignit sa lampe électrique. Obéissante, Miss Seeton attendit.

— Patientez ici une minute, miss, murmura-t-il. Je vais mettre mon déguisement. Ça pourrait pas marcher là-haut, si j'y allais en uniforme, ajouta-t-il avec un petit rire moqueur. Ils feraient des conneries.

Il s'éloigna et fut happé par les broussailles denses qui poussaient au bord du sentier qu'ils avaient suivi.

En haut ? Miss Seeton regarda derrière un tronc d'arbre. Des lumières brillaient, provenant de flambeaux passés dans des anneaux, sur des pieux plantés dans le sol. Les flammes vacillantes faisaient beaucoup de fumée. Ils devaient utiliser de grosses mèches dans du goudron, ou de l'huile, peut-être. Elle ne se rappelait plus. Cela expliquerait l'odeur, qu'elle avait tout d'abord prise pour celle de la paraffine. Mais, après tout, la paraffine, c'était de l'huile dans un sens, alors peut-être s'agissait-il de cela. Devant elle, il y avait une plate-forme carrée assez grossière. Elle mesurait environ un mètre de haut et au moins le double en largeur, et avait été faite avec des branches qui avaient dû être coupées dans les arbres alentour. Elle entendit des voix et des rires, mais ne vit personne et ne put distinguer les mots. Qui que ce soit, ils devaient se trouver tout à fait de l'autre côté de cette espèce de plate-forme. L'effet général était plutôt sinistre et, si elle avait eu de l'imagination, ce qui, grâce à Dieu, n'était pas le cas, elle aurait très bien pu voir un bûcher s'élevant au milieu de cette structure avec Jeanne d'Arc attachée au milieu, tandis que la soldatesque anglaise se soûlait.

Qui pouvaient-ils être ? Et que pouvaient-ils donc faire ici si tard ? Qu'est ce que cela avait à voir avec la police ? Elle espérait qu'il ne s'agissait pas de nouveau de ces gens stupides avec des masques. Et si c'était le cas, comment pourrait-elle faire pour identifier quelqu'un ? Surtout avec une telle obscurité et cette fumée. Le jeune homme allait sûrement revenir dans un instant tout lui expliquer. Elle était certaine que, étant dans la police, c'était quelqu'un de tout à fait recommandable. Mais, pour être honnête, elle devait reconnaître qu'il ne lui avait pas donné la même impression de confiance que le sergent, par exemple. Ou même ce jeune Mr. Foxon, si gentil et exubérant.

Basil Trenthorne ôta sa casquette et s'agenouilla pour récupérer le paquet qu'il avait dissimulé sous un buisson plus tôt dans la soirée. Là. Il allait leur montrer — à James et aux autres, qui l'avaient asticoté tout l'après-midi parce qu'il ne voulait pas scier les branches et les aider à monter la scène. Ils ne savaient rien. Qui avait apporté les dernières touches, fait la mise au point — après que ces imbéciles avaient fini de lier les branches et de les mettre en place —, fixé les torches, avant de retourner, en passant par l'entrée des Downs, à la grotte ? La grotte. En pensant à sa mère qui attendait en bas la fin de ce monde et s'imaginait qu'elle serait au moins la présidente du monde nouveau, il ricana. A une ou deux reprises, il avait voulu lui dire qu'il savait qu'elle était une sorcière. Ça lui aurait rabattu le caquet. Heureusement qu'il ne l'avait pas fait. Ça lui rapporterait plus, comme ça. Il ne savait pas combien elle avait emporté avec elle, dans la grotte. Elle n'avait pas voulu le lui dire. Mais il savait qu'elle avait retiré un sacré paquet de la banque. Et tous ses bijoux ! Elle pouvait faire une croix dessus. Il n'aurait plus à se casser la tête pour lui soutirer de l'argent. Duke et N lui avaient promis tout ce qu'elle aurait craché, plus un bonus pour le boulot de ce soir. Il regarda sa montre. Il avait tout minuté, mais mieux valait attendre encore un moment, songea-t-il en allumant une cigarette. Il aspira une bouffée. Ceux qui trouvaient que ça se faisait pas de fumer un joint, ils étaient pas branchés, mais alors pas du tout ! Ça permettait d'avoir la pêche et de voir où on allait. Et si cette vieille chaussette attrapait froid à l'attendre, il s'en fichait. Il la réchaufferait bientôt. Ted avait complètement raté son coup. Et s'il brûlait maintenant en enfer où elle l'avait balancé, elle allait bientôt rôtir avec lui. Il aspira une nouvelle bouffée, souffla la fumée et se mit à rire. La plupart des gars, et surtout le vieil Evelyn, étaient en rogne de devoir poireauter si longtemps. D'habitude, Duke et N escamotaient le coffret avec le fric et partaient. Les autres s'éparpillaient environ trois jours après avoir installé les pigeons dans leur petit Nid Secret. Mais cette fois-ci, avec les flics partout qui sondaient les planchers de l'église et Dieu sait quoi, ils avaient été forcés d'attendre. Ils avaient toujours la possibilité d'entrer et de sortir par l'issue des Downs, mais Duke avait dit : « pas plus de deux à la fois » jusqu'à aujourd'hui, pour ne pas se faire repérer. Normalement, n'importe quel flic du coin aurait déjà dû laisser tomber, même si Duke avait collé Joy sur l'autel pour faire comme avec la poupée. Mais c'était sans compter avec ce commissaire du Yard et cette horrible bonne femme. Alors Duke y allait à fond maintenant, avec cette histoire de sorcellerie dans le bois, pour attirer leur attention avant son départ. Basil regarda de nouveau sa montre. Encore une minute. Il n'y avait qu'un kilomètre et demi jusqu'à la mer en passant par le tunnel, mais le butin risquait de les ralentir un peu. Et puis il fallait qu'ils mettent le coffre sur le bateau. Le vieil Evelyn et ses gars devaient être à mi-chemin de la sortie des Downs. De toute façon, c'est lui qui donnait le signal et ils ne devaient pas démarrer avant que le feu brûle bien. Il lui faudrait se grouiller. C'était le seul hic, quand on devait faire diversion. Une fois que les choses seraient bien enclenchées, il faudrait qu'il prenne ses jambes à son cou et qu'il conduise comme s'il avait le diable à ses trousses, pour prendre Duke et N plus loin sur la côte et toucher sa part.

Il n'était jamais venu à l'idée de Basil Trenthorne qu'avec le penchant de ses employeurs pour l'argent et leur propension à provoquer des accidents, il se dirigeait droit vers un accident lui aussi, une fois que tout danger serait écarté. Il jeta sa cigarette, sortit une longue robe noire du paquet et la passa par-dessus sa tête. Puis il prit le masque encombrant de la tête de chèvre, un flambeau, et partit rejoindre Miss Seeton.

Hilary Evelyn était plus grand et plus large que Basil. La robe était trop longue et le faisait trébucher. Il la releva avec la main qui tenait la torche, sans remarquer que l'huile coulait et imprégnait le tissu.

Miss Seeton regarda la silhouette vêtue d'une robe noire, surprise.

— Bonté divine ! Qu'est-ce que... ?

— Je vais mettre le masque, allumer la torche et y aller, miss, lui dit-il calmement. Vous suivez derrière. J'ai mis deux bûches, là, en guise de marches. Regardez bien les gens et voyez si vous pouvez en reconnaître qui étaient à l'église.

— Mais...

— Ne vous inquiétez pas, miss, l'encouragea-t-il, fringué comme je suis, ils vont croire que vous faites partie du spectacle.

Plutôt, oui ! Le Sacrifice de la Vierge.

Miss Seeton aurait bien voulu faire une remarque, mais son compagnon posa le flambeau par terre, souleva le masque de chèvre au-dessus de sa tête et le mit en place.

— Y en a pas pour longtemps, miss, marmonna-t-il à travers le masque. Ce sera bientôt terminé.

Dieu merci ! Avec tous les copeaux et les brindilles qu'ils avaient entassés sous les branches, et les bords couverts de paraffine, un mince rideau de flammes l'entourerait en une seconde et elle ne pourrait plus bouger jusqu'à ce que le feu de joie commence. Ça lui ferait faire une ou deux cabrioles, comme un chat sur des briques brûlantes. Dommage qu'il ne puisse pas rester pour voir la fin. Le masque aussi était fait pour quelqu'un de plus grand, et Basil avait du mal à voir. Il se baissa pour ramasser la torche, fouilla sous la robe pour trouver des allumettes et réussit à l'allumer à la seconde tentative. Il avança prudemment en tenant la robe avec sa main libre et ses pieds tâtonnèrent pour trouver la première bûche, sur laquelle il grimpa. C'était parti pour la gigue !

Son arrivée sur la plate-forme, avec la torche qui brillait tenue haut, fut acclamée avec ferveur par les membres du culte. Miss Seeton, qui le suivait et essayait de voir ce qu'il se passait devant lui, écarquilla les yeux. Trente à quarante hommes et femmes, masqués comme à l'église, tombèrent à genoux et inclinèrent la tête jusqu'au sol. Ils avaient mangé et bu, mais tout cela était terminé maintenant. Ils se relevèrent en titubant et, se tenant par la main, les bras tendus, ils se mirent à tourner autour de la tribune dans le sens contraire aux aiguilles d'une montre, en trébuchant dans une ronde caricaturale, et en chantant :

Tantale-nous et tantale-moi,
Tantale-les et tantale-toi.
Un en haut, deux en bas et trois
En rond en rond et tout autour.

Vraiment ! Miss Seeton était choquée. La plupart portaient peu de vêtements, et certains aucun. Stupide ! En dehors de la sottise de toute l'affaire, ne se rendaient-ils pas compte qu'ils allaient attraper un mauvais rhume par une nuit pareille, à la fin septembre ? Toujours sans trop savoir ce qu'elle devait faire, elle regarda son compagnon pour qu'il la guide. Il l'ignora et monta d'un air digne sur le bord de la plate-forme où il abaissa sa torche dans un mouvement majestueux. Un mince rideau de flammes jaillit des bûches couvertes de paraffine. Il recula, satisfait, et se retourna, prêt à bondir en arrière. Il allumerait le bord derrière lui en laissant la vieille bique cernée par le feu. Puis il jetterait la torche au milieu et les brindilles comme les copeaux préparés sous la plate-forme feraient leur ouvrage en quelques secondes. Si jamais quelqu'un découvrait ce qu'il s'était passé, on pourrait toujours dire que la vieille chouette était venue fourrer son nez là où on n'avait pas besoin d'elle. Un accident regrettable.

Malheureusement pour Basil Trenthorne, l'accident s'était déjà produit. Son geste majestueux causa sa perte. La torche avait touché sa robe, qui avait pris feu. La gigue avait commencé, mais c'était lui qui la dansait et ses cabrioles ne firent qu'aggraver les choses. Les flammes du châtiment s'élevèrent et l'enveloppèrent. Le masque en papier mâché se mit à brûler. Il donna de grandes tapes sur ses vêtements en hurlant, lâcha le flambeau et se jeta par terre. Il tomba sur la flamme et l'étouffa. La torche s'éteignit, mais pas l'homme. Il se roula par terre en se tordant de douleur et mit le feu aux copeaux sous les branches mal attachées.

Les cris réveillèrent Miss Seeton, pétrifiée d'horreur. Elle jeta sac et parapluie, enleva son manteau et le lança sur Basil pour essayer d'étouffer les flammes, qui la firent reculer. Elle devait aller chercher de l'aide ! Immédiatement ! Tout allait prendre feu !... Elle regarda autour d'elle, au désespoir. Le feu courait le long des bords huilés de la plate-forme et elle se retrouva, comme Basil l'avait souhaité, cernée par un mur de flammes. Mais que faisaient donc ces gens stupides ? Elle ne parvenait pas à les voir. Ils devaient pourtant être là ! Mon Dieu, les atteindre !... Quelque chose pour se protéger la tête... Elle n'avait plus son manteau. Que pourrait-elle... ? Elle saisit son parapluie, l'ouvrit et, le tenant tout près devant son visage, elle courut sur le côté. Au bord, le souffle des flammes la fit chanceler. Rassemblant son courage, elle s'avança dans le feu, fit un faux pas et tomba.

CHAPITRE XVIII

Potter fut le premier au village à remarquer la lueur au loin. Agacé de ne pouvoir faire sa ronde dont, malgré sa confiance totale en ses collègues, il sentait qu'elle ne pouvait pas être accomplie avec la perspicacité qu'il y employait, il avait préféré garder l'œil ouvert devant Sweetbriars et hors du chemin du commissaire qui devenait de plus en plus sinistre au fil des heures. Il entra dans la maison.

— Un feu à Iverhurst, monsieur.

Delphick resta indifférent.

— Cela n'a rien d'inhabituel à cette époque de l'année, si ?

— Non, monsieur. Mais c'est plutôt bizarre qu'ils l'allument à minuit. Peut-être un feu qui a repris après qu'ils l'ont couvert. Mais il y avait aucune trace de feu quand je suis passé tout à l'heure. Et trois kilomètres, ça fait loin pour qu'on aperçoive un feu qui reprend. Ça a pas l'air d'être près d'une ferme. Plus au sud, je dirais.

Minuit. L'heure des sorcières. Un feu... Delphick fut intrigué.

— On peut le localiser ? Je n'ai pas envie de courir partout pour rien et qu'on ne puisse pas me joindre.

— Vous pourriez appeler sir George, monsieur. Il a une bonne paire de jumelles et, du grenier de Rytham Hall, il le localisera vite.

Delphick téléphona. En attendant que sir George le rappelle, il monta à la chambre de Miss Seeton, mais même en se penchant par la fenêtre qui donnait à l'arrière de la maison, il n'était pas assez haut et n'aperçut qu'un reflet rosé dans le ciel. Le téléphone le rappela au rez-de-chaussée. Potter lui tendit le récepteur.

— Sir George, monsieur.

Sir George fut catégorique.

— Pas un feu de jardin, commissaire ! C'est le bois près de l'église d'Iverhurst et, d'après ce que j'ai vu, il s'étend. J'appelle les pompiers. Faut des couvertures et des bâtons pour battre le feu. J'y vais. Dites à Potter de réveiller les gars du village. On aura peut-être besoin d'eux.

Delphick transmit le message à Potter.

— Sir George a l'air inquiet. Vous connaissez la situation. Ça peut devenir sérieux ?

— Mauvais, monsieur. Après les trois semaines de sécheresse qu'on a eues, ça va flamber comme du petit bois.

— Bon, j'appelle le quartier général pendant que vous réveillez quelques hommes et on y va.

Delphick apprit que le quartier général était déjà au courant. Deux des unités mobiles avaient passé un message radio et les voitures de pompiers de Brettenden, d'Ashford et de Rye étaient en route. Il sortit en vitesse et trouva tout le village debout avec Potter qui donnait les instructions aux hommes. Les gens sortaient de chez eux, les vêtements enfilés à la hâte, et les voitures sortaient en marche arrière des garages. Le révérend Arthur Treeves, la chemise de nuit rentrée dans le pantalon, un manteau par-dessus, les pieds nus dans de gros bottillons dépareillés, trotta vers la voiture de Delphick, jeta une couverture de cheval et un balai à l'arrière et grimpa à la suite.

— Je viens avec vous, commissaire, déclara-t-il.

Delphick hocha la tête à contrecœur et mit le contact. Le révérend était trop vieux pour ça. Il leva les yeux. Un halo plus orange que rose virait au rouge et envahissait le ciel. Potter dirigea Stan Bloomer vers l'arrière de la voiture, avec Arthur Treeves, et sauta sur le siège avant alors que la voiture démarrait. Un flot bigarré de voitures, de camionnettes et de bicyclettes suivit à la queue leu leu. Delphick reçut un message radio du sergent Ranger, lui signalant un grave incendie à environ un kilomètre et demi à l'intérieur des terres. Les gardes-côtes disaient que cela devait être le bois d'Iverhurst. Il s'étendait rapidement. Devait-il revenir ou rester au Trou de Judy ? Delphick lui dit de rester, de retourner au bateau et de continuer avec la patrouille. S'il y avait des gens à l'église ou en dessous, si son intuition que le tunnel y conduisait était bonne, ils essaieraient peut-être de filer par là.

Le commissaire se gara au bord de la route, à bonne distance de l'église, derrière deux voitures de patrouille. Mais même là, il se demanda si elles ne craignaient rien. A leur approche, le décor était devenu impressionnant : la vieille église se découpait tel un défi contre l'enfer de son ennemi mortel. Le grondement de la fournaise devant eux avait couvert celui du moteur, mais lorsqu'ils sortirent en trombe de la voiture et coururent rejoindre les quatre policiers de la patrouille, qui à l'autre bout du cimetière battaient avec des branches coupées un début d'incendie dû aux étincelles et aux débris portés par le vent, ils virent que le résultat était humiliant. Comment un homme, comment même des centaines d'hommes pourraient-ils contrôler un élément ? La clameur qui tambourinait était amplifiée par le sifflement et le crépitement de la sève qui suintait, le bois des arbres qui se fendait et éclatait avec fracas en s'écartelant.

L'église ? s'enquit Delphick. Fouillée — et vide. Le commissaire réprima un sentiment de nausée. Si... S'il y avait eu quelqu'un dans le bois quand le feu avait commencé... à la vitesse à laquelle il gagnait... c'était trop tard. Beaucoup trop tard pour s'inquiéter davantage. Mieux valait se concentrer sur ce qui pouvait être sauvé : l'église. Il continuait de penser que quelque part en dessous, ou non loin, devait se trouver le Lieu Secret de Conscience. Il fallait essayer, si possible, d'empêcher ces fous d'y rôtir.

Les gens arrivèrent et formèrent une ligne, sous les ordres de sir George. Des femmes et des enfants étaient rassemblés à une distance respectueuse, pour assister à l'incendie. Un policier à moto vint annoncer qu'il y avait une voiture en feu près des arbres de l'autre côté du bois. Il pensait que la voiture était vide, mais la chaleur l'avait empêché de s'en assurer. Il avait réussi à lire le numéro d'immatriculation : il s'agissait de la voiture qu'on leur avait signalée. Il avait transmis un message radio au QG. Le premier camion de pompiers arriva. Déjà barbouillé de fumée, les vêtements roussis, Delphick laissa sa place au motard et alla s'entretenir avec le capitaine des pompiers. Quelle était la situation du côté de l'eau ? Assez mauvaise. Il n'y avait qu'un puits et assez peu d'eau au fond, après les semaines de sécheresse. Mieux valait se concentrer sur l'église, alors, décida Delphick.

Brinton arriva, suivi par deux autres voitures de police d'Ashford. Les hommes sortirent pêle-mêle pour se joindre à ceux qui luttaient contre le feu.

— On t'a dit pour la voiture ? demanda Brinton.

— Oui.

— Elle en est peut-être sortie à temps.

— Alors où est-elle ?

Brinton contempla le brasier. Il n'y avait rien d'autre à ajouter.

Miss Seeton se releva. Comme c'était stupide de sa part d'avoir oublié qu'elle était sur une plate-forme et qu'il y aurait une dénivellation. Elle aurait très bien pu se tordre la cheville. Elle se retourna vers la tribune et eut un hoquet de frayeur. Ce n'était plus qu'un brasier. C'était... rien... elle ne pouvait rien... personne ne pouvait rien faire.

— Hé !

Surprise dans sa détresse, Miss Seeton regarda autour d'elle. Un jeune homme qui reboutonnait sa chemise tout en essayant de mettre sa veste courait vers elle.

— Hé ! répéta-t-il. C'est vous à qui on a essayé de chiper le sac. Miss Season ou quelque chose comme ça.

— Seeton, répondit-elle mécaniquement.

— Vous êtes avec les flics ou un genre de flic, pas vrai ?

— Non, répondit Miss Seeton.

— Écoutez, dit-il avec empressement, je vais vous montrer le chemin qu'on a tracé et qui mène à l'église. Quand on sera sortis de là, vous interviendrez pour moi ? J'ai rien à voir avec tout ça. Je pensais pas qu'ils tueraient des gens. J'ai rien contre la combine et le fait de piquer du fric à ces gogos, mais un meurtre... je jure que j'en savais rien. Duke et N doivent être fous. Basil n'aurait jamais tenté le coup tout seul. Et puis cet idiot qui se fait cramer. Ça va être une sacrée panique quand la mère Trenthorne va l'apprendre. Ils vont en prendre pour perpète, tous...

Miss Seeton, qui n'avait pas compris grand-chose à son discours, lui coupa la parole.

— Vous voulez dire que vous êtes resté là, à regarder quelqu'un brûler sans rien faire pour l'aider ?

— Comment j'aurais pu ? Je... j'avais rien sur le dos. Et vous l'avez suivi jusqu'ici. J'ai cru que vous l'arrêtiez, que la mèche était vendue et qu'on allait tous se faire piquer. Je suis vite allé chercher mes vêtements. Quand j'ai pigé ce que cet idiot fabriquait, c'était trop tard. On nous a annoncé que ce serait un truc super avec le sacrifice d'une vierge et tout le bataclan, mais je jure que je croyais que ce serait seulement un poulet. Ils s'en sont déjà servis. Si j'avais...

Ils ? Sous le choc, Miss Seeton avait presque oublié où elle se trouvait. Elle regarda autour d'elle. Des hommes avec des têtes d'animaux, des femmes avec des masques, tous à moitié ou complètement nus, se tenaient toujours par la main et caracolaient autour du bûcher funéraire de Basil en continuant à chanter :

Un en haut, deux en bas et trois
En rond en rond et tout autour.

— Qu'est-ce qu'ils ont ? demanda Miss Seeton. Ils sont fous !

— Drogués, répondit le jeune homme. Ils ne le savent pas, mais le vin est toujours un peu corsé pour les aider à comprendre l'esprit de la chose. C'est pourquoi j'y touche jamais. Les histoires de sorcières et les sabbats, c'est pas mon truc. Moi, c'est Conscience. J'ai juste suivi le courant et puis je suis aussi venu pour les filles, gratis.

— Mais, protesta Miss Seeton, ils ont dû voir ce qu'il se passait. Ils...

— Ils croient que c'était exprès : la vierge sort du feu et le Diable brûle et revient. C'est le truc traditionnel. Ils sont heureux comme des damnés, ils croient que c'est pour de vrai.

Il y eut un grand fracas et la plate-forme s'effondra. Les flammes montèrent haut dans le ciel et des débris enflammés furent projetés sur les heureux damnés. Ils continuèrent à gambader comme si de rien n'était, apparemment immunisés contre les brûlures, et se lâchèrent les mains pour se baisser et ramasser les éclats encore fumants qu'ils lancèrent au loin dans toutes les directions. Au-dessus d'eux, les arbres s'étaient enflammés. Des fougères se mirent à fumer dans les broussailles et à leur tour s'enflammèrent. Le feu se propagea aux branches mortes et aux feuilles sèches et embrasa tout en quelques secondes.

Le jeune homme agrippa Miss Seeton par le bras.

— Pour l'amour de Dieu, venez ! lui cria-t-il. Il faut qu'on sorte d'ici !

Miss Seeton lança un regard vers les danseurs écervelés.

— Mais... nous ne pouvons pas les laisser là.

— Qu'est-ce que ça peut faire ? Qu'ils crament s'ils le veulent. Moi, je file !

— Vous... !

Ils ne pouvaient pas partir. Ces gens étaient malades, irresponsables. Quelqu'un devait... Il fallait qu'il l'aide. De l'aide... Elle se souvint. Elle lui fit face avec autorité.

— Vous avez dit que vous vouliez mon aide, pour

la police. Très bien. Je le ferai si vous m'aidez maintenant. Sinon... je vous dénoncerai !

Il hésita, puis alla attraper l'une des femmes par la main.

— On y va ! cria-t-il. Tous ! On sort de là ! Suivez-nous !

La femme s'approcha docilement et s'accrocha à lui pour essayer de le faire danser. Elle chercha les boutons de sa chemise, mit ses bras autour de son cou et se serra contre lui. Elle avait les pupilles dilatées et sa notion du temps, du lieu et de l'espace était aussi confuse que son extase. Ils essayèrent avec une autre. Tous les membres du culte étaient dociles, amoureux et sur un nuage, mais à chaque fois qu'on les lâchait, ils retournaient à leur rituel effréné.

— Ça ne sert à rien, hoqueta le jeune homme. Il faut les laisser.

Miss Seeton regarda autour d'elle, désespérée. Elle avait permis une fois au feu de la chasser. Mais maintenant, elle devait réfléchir. Il y avait sûrement un moyen, si seulement elle arrivait à raisonner avec calme et logique. Mais son environnement n'encourageait ni à la logique ni au calme. Radicalisant le dicton de Mrs. Beeton, dans son gros volume sur la parfaite maîtresse de maison, où elle dit que le feu peut brûler à la fois en haut et en bas, le feu s'était à présent répandu dans toutes les directions. Hormis la clairière dans laquelle ils se trouvaient, il était partout, pour autant qu'elle puisse en juger. Le bois tout entier semblait être la proie des flammes et la chaleur devenait intolérable. Ces pauvres créatures n'avaient apparemment qu'une idée en tête : se tenir par la main et danser. Très bien ! Elle allait mener la danse.

— Attachez-les ensemble par le poignet, ordonna-t-elle au jeune homme, et mettez quelque chose en guise de laisse au premier, comme ça, si je marche devant, ils devront me suivre, et vous resterez derrière pour qu'ils avancent l'un derrière l'autre.

Instinctivement, Miss Seeton avait trouvé la manière avec lui. Les règles de Conscience étaient strictes et le jeune homme était habitué à la discipline. Il était entraîné à obéir. La maîtresse d'école était habituée aux enfants indisciplinés et un semblant d'ordre apparut bientôt. Le jeune homme fourragea un instant et enleva les lacets des chaussures abandonnées, prit les cravates et déchira les vêtements en lanières. En baissant les yeux, Miss Seeton s'aperçut qu'elle tenait toujours l'armature en métal de son parapluie, à laquelle pendaient quelques lambeaux de nylon fondu. Elle jeta le squelette inutile et, rejoignant ses nouveaux élèves, elle se mit à l'œuvre. Ils firent s'aligner leur groupe rebelle. La ceinture élastique du pantalon de l'un d'eux, attachée autour du poignet de la première femme qu'ils attrapèrent, fournit à Miss Seeton la laisse dont elle avait besoin.

— Maintenant, montrez-moi ce chemin dont vous m'avez parlé, ordonna-t-elle.

Il tendit le doigt. Au sud de la clairière, il y avait une ouverture, où un chemin avait été tracé à travers les broussailles. Le feu le cernait au-dessus et sur les côtés. Des flammèches le traversaient continuellement. C'était effrayant. Mais il était relativement dégagé et c'était la seule issue possible. Le jeune homme ôta sa veste et la mit par-dessus le bras libre de Miss Seeton.

— Servez-vous-en pour vous protéger le visage et, pour l'amour de Dieu, allons-y !

Il courut à l'arrière pour essayer de garder leurs ouailles en ordre. Miss Seeton hésita. Elle savait qu'ils avaient besoin de quelques mots d'encouragement, mais tout ce qui lui vint à l'esprit fut la voix du professeur d'éducation physique à la petite école d'Hampstead.

— En rang derrière moi, dit-elle d'une voix flûtée, mais inaudible, en avant, MARCHE !

Leur progression fut lente et irrégulière, dans la chaleur, les crépitements, les craquements, la fumée et l'odeur de tissu roussi. Le manteau de ce pauvre jeune homme... du beau tissu... quel gâchis... La douleur causée par les flammes qui léchaient ses mains et ses jambes brouillait l'esprit de Miss Seeton. Elle avait perdu tout sentiment d'urgence et, seule, une profonde détermination la poussait à poursuivre son chemin. Ces gens stupides avaient indéniablement l'air de vouloir se jeter dans le feu. Elle avait essayé de se retourner pour crier quelque chose à la femme qui marchait derrière elle, mais sa voix fut noyée par le bruit qui faisait rage autour d'eux et, à présent, elle économisait son souffle, car le simple fait de respirer dans cet enfer lui brûlait la poitrine. Sa recrue agissait tel un piqueur dans une chasse à courre et allait et venait le long de la file comme un chien de berger inexpérimenté, hargneux, aboyant après les éléments indociles de leur troupeau. C'est ainsi que, Miss Seeton courant à moitié, trébuchant en tête, cette étrange troupe inspirée par l'exemple du Diable, leur maître, s'en fut en caracolant et en chantant à travers l'enfer dont ils rêvaient.

CHAPITRE XIX

Dans le Lieu Secret, l'atmosphère commençait à devenir étouffante et déjà un peu embrumée. La chaleur et la fumée s'infiltraient par les conduits d'aération. On entendait un souffle, distant d'abord, mais de plus en plus puissant. Tel un bruit d'incendie. Les adeptes de Conscience se regardèrent, les yeux écarquillés, le regard interrogateur. Était-ce le début ? Le commencement de la fin ? Comme ils avaient eu raison ! Et comme le Maître avait eu raison ! Ils regardèrent avec satisfaction le coffre fermé d'un cadenas, qui n'était pas sans rappeler un cercueil en plastique, et contenait leurs biens. Alors que le bruit et l'odeur de feu augmentaient, ils se mirent à respirer de plus belle avec une seule narine, exercice dans lequel ils excellaient, et à prier, activité qu'ils maîtrisaient nettement moins bien.

Mrs. Trenthorne regarda autour d'elle. Aucun Majordome pour réconforter, organiser, conseiller. Ils devaient assister le Maître dans ses prières et, bien sûr, en tant que Trompettiste, Basil était avec eux. Une Sérénissime devrait aussi être aux côtés du Maître, maintenant que la situation était critique. Puisqu'elle était la seule dans toute l'assemblée à être une Sérénissime, elle se dit que son titre, et les cinq mille livres qu'elle avait payées, lui donnaient le droit de prier en compagnie de la hiérarchie.

Elle se dirigea vers l'autre bout de la chambre, hésita un instant avant de pénétrer dans le territoire interdit puis, reprenant le dessus, l'air déterminé, elle tourna la poignée de la porte.

La seconde chambre était vide. Où était le Maître ? Où étaient les Majordomes ? Et où était Basil ? Tout au bout, une partie du mur de pierre avait pivoté et dévoilait une sombre ouverture. Elle s'avança, ouvrit son sac et en sortit une torche électrique, qu'on leur avait conseillé à tous d'emporter, au cas où les lampes lâcheraient. Le rayon éclaira un tunnel étroit qui descendait. Il n'était pas question, en aucun cas, non, il n'était pas du tout question que le Maître les ait abandonnés. Non. Elle avait tout simplement dû mal comprendre où se trouvaient ses quartiers privés. Ils devaient être plus loin dans ce passage. Cette seconde chambre avait simplement été allouée aux Majordomes, un genre de mess des officiers, tout à fait impropre aux méditations du Maître. Naturellement, ils devaient être avec lui dans son sanctuaire. Basil aussi. Elle allait les rejoindre. La place d'une mère était auprès de son fils. Elle joindrait ses prières aux leurs et assurerait le Maître de sa complète croyance en son omniscience. Et se rassurerait elle-même par cette occasion.

En progressant le long du couloir, Mrs. Trenthorne remarqua que l'air devenait de plus en plus froid. Elle s'arrêta en arrivant à la bifurcation qui menait à droite vers les Downs, hésitant quant au chemin à prendre et... Elle éteignit sa lampe électrique. Elle avait raison. Droit devant elle, une lumière brillait faiblement. Elle écouta. Elle sentit, plus qu'elle n'entendit, quelque chose qui bougeait au loin. Elle ralluma sa lampe. Maintenant qu'elle était sûre de la direction, elle pressa le pas. La lumière grandit devant elle. Bientôt, elle put voir deux hommes tenant chacun une lampe électrique d'une main, tandis que l'autre, tendue sous le poids, agrippait par la poignée un... un cercueil ? Non. Maintenant, elle le reconnaissait. C'était le coffre de la grotte, avec tous leurs biens. Son argent et ses bijoux étaient dans ce coffre. Épouvantée, elle cria :

— Arrêtez ! Arrêtez, au voleur ! répéta-t-elle, furieuse.

L'homme qui était derrière lâcha le coffre et se retourna. Elle aperçut son visage un bref instant : un étranger. Elle courut vers lui en hurlant :

— Au voleur ! Arrêtez ! Au voleur !

L'homme braqua sa lampe électrique sur son visage et l'aveugla. Il y eut une explosion. Elle s'arrêta, surprise, fit un pas hésitant et tomba le nez en avant à ses pieds.

— Imbécile ! lança N. Ils ont dû entendre le bruit jusque dans la grotte. Ils vont certainement partir à sa recherche, maintenant.

— Il fallait que je la fasse taire, fit Duke d'un ton brusque. Elle a vu nos visages.

— Pourquoi un flingue ? T'avais qu'à l'assommer !

— On s'en fiche ! on y est presque. On sera tirés d'affaire bien avant que quelqu'un arrive ici.

Ce ne fut pas le cas. Absorbés par leur discussion et assourdis par la détonation dans cet espace réduit, ni l'un ni l'autre n'avaient entendu le roulement de la terre et des pierres qui commencèrent à tomber. Le tunnel n'avait pas été construit pour supporter des coups de revolver et, en plus, il était ancien et en mauvais état. Le roulement s'accentua. Le plafond du tunnel s'ébranla et se fissura. Les lézardes s'élargirent et s'allongèrent. Le plafond s'effondra sur eux.

A l'aide de leurs jumelles, les douaniers avaient aperçu un bateau amarré près de la plage. Ils s'approchèrent pour l'examiner. C'était un petit canot à moteur, à faible tirant d'eau, et, avec la marée descendante, l'eau arrivait à peine au-dessus du genou, là où il était ancré. Pour eux, il servait à affréter, bien que Bob fût incapable de comprendre comment ils en étaient arrivés à cette conclusion. Ils se rangèrent le long du canot, l'arraisonnèrent et, par mesure de précaution, immobilisèrent le moteur. Pendant qu'ils vaquaient à leurs occupations, le sergent débarqua en pataugeant et il était assis sur une grosse pierre, en train de remettre ses chaussettes et ses chaussures, quand il entendit des cris au loin, suivis d'une explosion assourdie. Quelques instants après, il y eut un grondement, suivi d'un bruit sourd dont il ressentit les vibrations. Entre-temps, les douaniers l'avaient rejoint. Ils écoutèrent tous les trois et essayèrent de deviner l'endroit d'où provenaient les bruits. D'après eux, les derniers bruits qu'ils avaient entendus étaient dus à un affaissement de terrain. Les gardes-côtes se dirigèrent vers la falaise couverte de broussailles, se mirent dos à dos et, le rayon de leurs torches braqué dans chaque direction, dirent à Bob de guetter d'où venait la poussière. Ils attendirent. Leur patience fut récompensée. Un nuage de poussière, tout d'abord petit puis de plus en plus gros, s'éleva en volute entre les rochers. Ils avaient trouvé l'entrée de la grotte. Comme il était difficile de respirer dans la grotte, à cause de la poussière, et presque impossible d'y voir, ils décidèrent de faire une reconnaissance par le haut, en attendant que l'air soit dégagé. Un douanier resta de garde à l'entrée de la grotte, l'autre grimpa tout droit avec Bob en se frayant un chemin à travers les buissons rabougris, jusqu'à ce qu'ils atteignent le sommet. Ils avancèrent avec peine à l'intérieur des terres, en balayant largement le sol de leurs lumières, et arrivèrent enfin à la crevasse où le toit du tunnel s'était effondré. Ils se mirent à creuser avec précaution et découvrirent presque tout de suite le corps de Duke. L'homme était mort. Il avait la nuque et la colonne vertébrale brisées et tenait encore un pistolet serré dans sa main raide. Une voix appela au secours. Ils labourèrent le sol et déterrèrent l'extrémité d'un coffre. Sa poignée dorée scintilla dans la lumière de leurs torches. Le coffre était lourd et long, il ressemblait à un cercueil d'enfant en plastique, et ils mirent du temps à le dégager. N bougea derrière. Bob se baissa et le prit sous les aisselles pour le soulever. N poussa un hurlement. Un bras pendait et il avait eu quelques côtes cassées quand le coffre lui était tombé dessus. Ils élargirent le trou, le hissèrent doucement et l'allongèrent près de son compagnon mort. Ils étaient sur le point d'examiner ses blessures lorsqu'un son, entre grognement et gémissement, les interrompit. Il provenait d'un peu plus loin, au-delà de l'endroit où le sol s'était affaissé. Bob descendit et aperçut le tunnel devant lui, dont seul le fond était bloqué par des débris. Il creusa la terre avec sa main en guise de pelle et la rejeta derrière lui, jusqu'à ce qu'il ait dégagé le chemin. Une femme gisait dans le tunnel. Il la reconnut malgré la poussière : c'était elle que la famille Colveden appelait Tantâne. A première vue, elle avait l'air saine et sauve, mais il vit le trou dans son manteau, au-dessus du sein gauche, d'où s'échappait un filet de sang. Il s'agenouilla pour l'examiner.

Ranimée par la lumière, elle s'assit soudain, le regarda fixement et cria d'une voix grinçante :

— Voleur ! Vous êtes tous des voleurs ! Mon argent... mes bijoux...

Elle eut un hoquet et se tut, étonnée. L'étonnement et l'indignation restèrent figés sur son visage lorsque son corps se détendit. Bob tâta son pouls. Rien. Tantâne avait poussé son dernier braiment.

CHAPITRE XX

Le feu gagnait du terrain sur les batteurs. Les rangs se relâchèrent tandis que par deux ou trois ils étaient repoussés à travers le cimetière. Foxon, avec sir George qui s'activait d'un côté et le révérend Mr. Treeves qui tapotait de son mieux avec une totale inefficacité de l'autre, tenait toujours. Ils étaient aidés par le fait qu'en face d'eux il y avait une ouverture dans les broussailles, comme si un chemin avait été tracé dans le bois, ce qui empêchait le feu de déborder et de les cerner de trop près. Levant la tête, Foxon s'arrêta, incrédule. Il battit des paupières, les yeux larmoyants et brûlés par la chaleur. Ce n'était pas... ? Non, son imagination lui jouait un tour... Non. Personne ne pouvait... Quelque chose... Dieu tout-puissant ! Quelque chose... bougeait devant lui. Il se retourna d'un bond.

— De l'eau ! hurla-t-il. De l'eau ici, vite !

Le pompier le plus proche entendit son appel, passa le mot, dirigea malencontreusement son tuyau d'incendie vers l'endroit qu'indiquait l'agent de police, atteignit Foxon dans le dos et l'envoya par terre. Il rajusta son tir et les trois seuls autres pompiers dont la lance crachait encore de l'eau se joignirent à lui pour faire un rideau de pluie régulier autour de l'endroit où le chemin émergeait du bois.

Un vent d'excitation souffla parmi les spectateurs. Qu'est-ce qui se passait ? Pourquoi il avait envoyé le type par terre avec son tuyau, Sid Noakes ? C'était pas le moment de chahuter. Pourquoi ils envoyaient tous de l'eau là-bas ? Déjà qu'ils en avaient pas beaucoup... La vieille église, elle allait complètement brûler maintenant, c'était sûr. Y avait quelque chose. Tout le monde, même les hommes barbouillés qui s'échinaient à contrôler l'avancée du feu, s'arrêtèrent pour regarder, curieux du tour que prenaient les événements. Comme s'il était jaloux de ce soudain détournement de l'attention générale, le toit de l'église cessa de fumer et commença à s'embraser avec ardeur. Et devant l'assistance médusée, à travers le voile ruisselant qui tombait de l'arche triomphale des pompiers, d'abord flous puis clairement découpés, dans la lueur orangée, apparurent Miss Seeton et son équipage cabriolant. Reconnaissant sa défaite, le toit de l'église salua théâtralement l'arrivée de sa rivale en s'effondrant avec fracas dans une pluie d'étincelles.

Trempé, Foxon se remit debout tant bien que mal et contempla la scène une seconde, sans parvenir à en croire ses yeux. Il en avait eu la charge, une charge sur laquelle il n'avait pas su veiller. On lui avait donné l'ordre de la protéger et elle, tentant le tout pour le tout, elle avait fini par les protéger, par les sauver, tous les deux. Elle... Avec un profond soulagement, transporté de joie, il se porta au-devant d'elle et la serra dans ses bras.

— Vous !...

Il ne put en dire davantage.

— Vous, vous... balbutia-t-il.

Les gens du village burent la scène des yeux avec

avidité. Ils l'avaient toujours dit et ils en avaient la preuve, maintenant, que c'était l'œuvre d'une sorcière ! Personne d'autre qu'elle pouvait faire un truc pareil : traverser le feu avec tous ses amis. Et puis d'abord, qu'est-ce qu'ils fabriquaient à caracoler tout nus ? Et ils avaient même pas honte ! C'était comme dans la Bible ou dans un film ! Ils se pointaient comme ça, après avoir traversé des fournaises brûlantes, frais comme des gardons, sans une égratignure ! Comme l'énonça Mrs. Flax, ça pouvait être que l'œuvre du Diable. Sous la titillation d'une désapprobation horrifiée, ils commencèrent à sentir un regain de fierté civique. Non, aucun autre village, aucune ville, n'avait quelqu'un qui lui arrive à la cheville. Elle les avait tous sacrément embobinés, y compris la police. Regardez ce Foxon d'Ashford, en train de la serrer dans ses bras et de la faire valser dans tous les sens. Et puis quoi encore ?

En dépit des protestations de Miss Seeton, Foxon la porta avec fierté jusqu'à ses supérieurs qui arrivaient. Il la déposa devant Delphick et Brinton puis recula, haletant et rayonnant comme un jeune chien qui rapporte son premier oiseau. Delphick éprouvait des sentiments contradictoires. Comment avait-elle le culot de lui causer une telle panique, jusqu'à ce que le bon sens le pousse à l'éliminer de ses pensées, pour surgir après, tranquille, en pleine crémation, à la tête d'un troupeau de singes en train de danser ? Elle méritait une bonne volée, oui ! Sans dire un mot, il transigea en étreignant ses deux mains et, peu attentif pour une fois, il ne vit pas qu'elle grimaçait de douleur.

— Oh, commissaire ! s'exclama-t-elle d'un ton peiné. Et vous aussi, Mr. Brinton. Je suis vraiment désolée pour le jeune policier. Il est mort. C'est horrible ! Et je... je n'ai pas été d'un grand secours. Tout s'est passé si vite. Mais il n'y avait vraiment rien à faire. Je crois qu'il s'est laissé emporter, avec tous ces déguisements et cette comédie. Et puis il a agité cette torche allumée, c'est si dangereux, et il s'est enflammé tout seul. Si seulement il m'avait avertie, j'aurais été ferme.

— Quel jeune policier ? demanda Delphick.

— Celui que Mr. Brinton a envoyé me chercher pour l'identification. Pourtant, ajouta-t-elle en regardant sévèrement l'inspecteur principal, vous auriez dû savoir qu'on ne peut pas identifier des gens qui portent un masque.

— Ce n'était pas un policier ! explosa Brinton. Et je ne l'ai jamais envoyé !

Mais Miss Seeton insista.

— Si, c'en était un, il me l'a dit. Et il m'a dit aussi que vous l'aviez envoyé. Et puis il était en uniforme. Et s'il ne l'avait pas été, il n'en aurait pas eu.

Elle s'assit soudain par terre dans l'herbe. Inquiet, Delphick tomba à genoux à côté d'elle. Elle le regarda, confuse.

— Je suis vraiment désolée, commissaire. Je crois que... je crois que c'est tout bonnement un peu de fatigue.

A genoux de l'autre côté, le Dr Knight examina les ampoules sur ses mains, y mit de la pommade et de la gaze, puis les banda.

— Content que vous le reconnaissiez, pour une fois.

Il lui enleva ses souliers trempés et ses bas puis soigna ses brûlures aux jambes et aux pieds et examina son visage.

— Tout va bien de ce côté-là. Vous avez eu plus de chance que vous le méritez.

— Oh, non ! fit Miss Seeton, c'est le jeune homme. Il a enveloppé mon bras avec son manteau pour que je me protège le visage.

Elle se tourna vers Delphick.

— Il m'a été d'un grand secours. Il n'est pas vraiment avec ces personnes étranges qui portent des masques. Il appartient à l'autre drôle de religion. Je veux dire celle de Maidstone, ajouta-t-elle en regardant Brinton. Et il était ici ce soir parce que... eh bien, je crains que ce ne soit pas pour la meilleure raison.

Elle posa une main bandée sur la manche de Delphick.

— Mais il a dit qu'il ne savait rien du meurtre. Il parlait de la pauvre Mrs. Paynel, je suppose. Il m'a certifié qu'il ne l'aurait pas toléré. Et, sans lui, je ne sais vraiment pas ce que nous aurions fait. Je n'aurais jamais pu m'en sortir seule. Je ne connaissais pas le chemin. Il me l'a montré.

Pendant un instant, elle fut de nouveau dans la clairière, le bois en feu tout autour d'elle. Son esprit se brouilla. Oui, maintenant qu'elle y pensait, elle fut forcée de reconnaître qu'elle était fatiguée. Et le jeune homme avait été courageux, parce qu'on ne pouvait nier qu'il était terrifié. Il aurait pu s'enfuir. Son regard se fixa sur Delphick, suppliant.

— Mais il n'a pas fui, vous savez. Alors qu'il aurait pu. Je crois qu'après tout nous devrions nous le rappeler.

Les lèvres figées de Delphick se détendirent. Il avait saisi son intention, même s'il n'avait pas compris la signification des mots.

— Nous nous en souviendrons, lui promit-il.

Brinton faisait l'inventaire dans sa tête : un parapluie, disparu ; un chapeau, carbonisé ; un manteau, un tailleur... enfin, tout le tremblement, quoi ! Mais ça valait la peine. Elle était peut-être pas régulière, mais elle réussissait toujours son coup. Il jeta un regard en direction de l'endroit où sir George tenait d'une main ferme la longe de Miss Seeton, qu'il avait saisie quand sa troupe, privée de son guide, avait tout de suite voulu retourner vers le feu. Il se tenait immobile, tenace et déterminé, tandis que son équipe adoptive tournait autour de lui et de l'ex-assistant de Miss Seeton et que Foxon tentait en vain de les mettre en ordre. Brinton lorgna la chair exposée, fumée et salée des danseurs. Alors comme ça, elle avait ramené le bacon au bercail, préparé maison et tout !

Le Dr Knight se releva.

— Bien, ça ira. Maintenant, au lit !

Il fit signe à deux brancardiers.

— Anne peut vous conduire à la clinique, vous mettre au lit et vous donner quelque chose pour dormir.

— Mais...

— Il n'y a pas de mais. Vous allez faire ce qu'on vous dit, pour une fois. Je viendrai vous voir demain matin.

Lady Colveden se joignit à eux.

— Non, dit-elle, vous aurez bien assez à faire, la clinique va afficher complet. Miss Seeton rentre avec nous. Anne peut m'aider à la mettre au lit. Elle mangera deux grosses parts de porridge avec du sucre roux et de la crème. C'est nourrissant, bon pour la digestion et meilleur pour dormir que toutes vos pilules. Et ne soyez pas trop matinal demain. Espérons qu'elle dormira tard. On peut mettre la civière à l'arrière du break et démarrer dès que j'aurai mis la main sur Nigel... et si vous pouviez délivrer sir George de ces strip-teaseurs endiablés qui lui tournent autour ? dit-elle à l'adresse des policiers.

Les ambulanciers emportèrent Miss Seeton et le reste du groupe s'en alla aussi, au grand soulagement de sir George.

— Oh, les pauvres ! s'exclama lady Colveden en les voyant de plus près. Ils doivent terriblement souffrir.

— Pas encore, répliqua le docteur, mais bientôt. A moins qu'on les mette sous calmant et qu'on les soigne rapidement.

— Drogués ? demanda Delphick.

— Pas nécessairement, mais je ne serais pas surpris qu'on leur ait donné une légère dose de LSD. A vue de nez, je dirais que c'est un exemple classique d'autosuggestion et d'hystérie collective. Ils vénèrent le Diable et les feux de l'enfer, alors le feu les attire comme une flamme attire les papillons. Ils sont imperméables à la douleur et ne sentent rien quand ils se roussissent les ailes.

Il s'avança parmi eux, prit la ceinture des mains de sir George et la tendit à l'un des ambulanciers qui les avait suivis.

— Emmenez-les par là et faites-les tenir tranquilles, avec les autres ambulanciers, pendant que je leur fais une piqûre pour les calmer. Il y a combien d'ambulances ?

— Quatre, docteur.

— Voyez si vous pouvez en appeler d'autres en renfort. Sinon, emmenez-les à tour de rôle. Il vaut mieux conduire les cas les plus graves à Ashford. On verra ce qu'on peut faire.

Lady Colveden les regarda s'éloigner et écouta ce qu'ils chantaient en gambadant et en chancelant derrière leur nouveau guide :

Sur les monts et sur les cimes,
Hoop-là hop le ruisseau
Un en haut, deux en bas et trois
En rond en rond et tout autour.

— Au moins, ça leur servira de leçon. Ils ne recommenceront plus, dit-elle.

— J'en doute, lady Colveden, répliqua Delphick d'un ton sec. Le sage grandit en sagesse, mais la folie suit son humeur.

— Ils ont complètement perdu la boule, monsieur, intervint Foxon. Tous ces trucs dingues qu'ils n'arrêtent pas de chanter, c'est complètement loufoque !

Delphick haussa un sourcil.

— Ah oui ? c'est un chant traditionnel. Essayez de remplacer les articles définis ou indéfinis par le pronom possessif qu'il y avait à l'origine et vous aurez peut-être l'essentiel.

Foxon fronça les sourcils et commença à murmurer. Son visage s'éclaira soudain et il éclata de rire.

— Ça y est, j'ai compris, monsieur. C'est plutôt obscène. C'est... C'est-à-dire que... bégaya-t-il en se rappelant la présence de lady Colveden. Je veux dire que... enfin, oui...

Sa voix mourut.

Delphick jaugea le jeune aide de Miss Seeton.

— Je suppose que vous faites partie de la bande de Conscience ?

— Euh... oui. Je suis un Trompettiste.

Il se décomposa devant l'expression de Delphick et répondit à sa question muette.

— On est des sortes de relations publiques, on s'occupe de la pub et tout ça. On provoque l'intérêt des imb... des gens et on leur explique les choses. Du moins, on leur trouve une explication convaincante, admit-il.

— Bon. Alors vous devriez être capable de nous expliquer certaines choses. Ce qui s'est vraiment passé dans le bois, par exemple.

Le jeune homme eut l'air paniqué.

— On a vraiment rien pu faire, monsieur. Trenthorne s'est déguisé en Diable, il est monté sur la plate-forme suivi par la vieille dame, et puis ses vêtements ont pris feu et tout s'est terminé en une seconde. Je ne sais pas comment elle s'en est sortie.

— Je vois, fit Delphick, l'air songeur. Oui. Je vois. J'ai l'impression que notre Basil avait l'intention de faire jouer à Miss Seeton le Sacrifice de la Vierge, et le coup s'est retourné contre lui.

— Oui, acquiesça le garçon, quelque chose comme ça. C'est le genre de truc dans lequel ils croient, mais, en général, ils utilisent un coq ou une poule. Et puis après, on arrivait à rien avec eux. Sans elle, ils brûlaient tous. Elle... elle est sacrément bonne, vous savez. Parce que quand ils l'ont vue sortir du feu avec Trenthorne qui cramait, les autres, ça leur a plu. Ils sont devenus fous.

— Oui, dit Delphick, j'imagine.

— Vous voulez dire qu'ils adorent voir les gens rôtir ? s'écria Brinton.

— Pas tout à fait, Chris. D'après ce que je sais, toutes les religions ont quelque chose dans ce goût-là : la mort du Dieu et la résurrection. Dans la sorcellerie, il y avait le cycle de sept ans avec la tête du Dieu offerte au feu, pour qu'il renaisse de ses cendres, comme le Phénix.

Il se tourna vers le Trompettiste.

— Une autre chose que vous pouvez nous expliquer, c'est le secret de ce Lieu Secret. On va vous rafistoler et vous emmener pour une déposition. Une déposition complète. Plus elle le sera, mieux ça vaudra pour vous.

Le garçon voulut protester.

— D'après ce qu'a dit Miss Seeton, enchaîna Delphick, j'ai cru comprendre que vous avez été utile, que vous les avez aidés, elle et les autres, à sortir de l'incendie, en prenant des risques. On en tiendra compte.

Soulagé, le jeune se pencha en avant avec empressement.

— Le Lieu Secret, monsieur, il est ici, dans les grottes sous l'église. Si on peut la dégager, je vous montrerai l'entrée dans la crypte. On pousse une pierre et un pan de mur pivote, comme une porte. Ils doivent tous y être encore, s'ils n'ont pas été réduits en cendres.

Delphick et Brinton organisèrent les opérations. Le capitaine des pompiers jugea que le bois ne pouvait plus causer beaucoup de dégâts et qu'on devait le laisser se consumer, mais il interdit à quiconque de s'approcher des ruines brûlantes de ce qui avait été l'église. Trois des camions seraient bientôt de retour après avoir fait le plein d'eau, et les autres iraient en chercher pour arroser les ruines jusqu'à ce qu'elles aient suffisamment refroidi pour être fouillées, le seul danger restant les poutres et les murs branlants. Mais il n'y avait aucun espoir d'approcher de la crypte avant le matin. Ceux qui n'étaient pas directement concernés pouvaient aller se reposer et manger, puis revenir à l'aube pour aider à dégager les décombres.

Le jour se leva sur une belle matinée de septembre, pour effacer les ombres et les émotions de la nuit. Les villageois apportèrent du réconfort aux hommes épuisés et en sueur, qui avaient travaillé dur pour dégager les ruines toujours fumantes. Ils leur donnèrent force pain et fromage, sandwichs aux œufs et au bacon, pâtés maison, flasques de thé noir sucré et boissons gazeuses de différentes couleurs, gâteaux et bière.

La nouvelle s'était répandue et il y avait foule : venus des villes et des villages voisins, d'à côté ou de loin, tous affluèrent pour assister à l'issue des événements. Au premier plan, les représentants de la presse, les photographes et deux équipes de télévision se bousculaient. Déçus par l'absence de Miss Seeton, qui dormait toujours, ils concentrèrent leur attention, leurs caméras et leurs appareils photo sur un long coffre de plastique cadenassé en forme de cercueil avec une poignée de chaque côté, que surveillaient Bob Ranger et deux policiers en uniforme. Les spéculations allaient bon train. Le premier corps qu'ils avaient sorti de l'église ? Un autre meurtre ? Une confrontation de l'assassin avec sa victime ? Ils bombardèrent la police et les badauds de questions, en vain. Puis la voie fut enfin dégagée et, conduits par les pompiers, Delphick, Brinton et le jeune Trompettiste, suivis du Dr Knight et de deux ambulanciers, prirent le chemin de la crypte.

La scène qui les attendait lorsqu'ils entrèrent dans la grotte ressemblait à un tableau de Hogarth[1]. Ils furent stupéfaits de s'apercevoir qu'ils n'étaient pas les bienvenus. Certains des occupants étaient dans l'état de choc qui doit suivre la fin du monde, laquelle avait été annoncée par le fracas qu'ils avaient entendu, la chaleur qu'ils avaient endurée et la fumée de l'incendie qu'ils avaient respirée au cours de cette

---

1. Peintre et graveur anglais du XVIIIe siècle. *(N.d.T.)*

longue nuit de veille. D'autres étaient apathiques. Aucun ne parvenait à revenir au réel et les exhortations de leurs sauveurs n'eurent aucun effet.

— Ils me connaissent, murmura le Trompettiste à Delphick. Je peux essayer, monsieur ?

Delphick acquiesça. Le jeune homme s'avança à grandes enjambées.

— Allez, debout ! dit-il d'un ton sec. Tout le monde dehors !

Quelqu'un qu'ils reconnaissaient enfin, le ton du commandement, l'autorité dont ils avaient tant besoin les firent réagir et se lever. Delphick et ses associés les aidèrent et les cajolèrent, avec gentillesse et fermeté, pour qu'ils s'activent vers la lumière du jour.

Leur apparition fut accueillie par des acclamations et le ronronnement des caméras de télévision. On se précipita sur eux avec des micros, en sorte que pas un mot de leur message de remerciement ne soit perdu pour la postérité.

Terminée, la longue épreuve. Finie, la nuit de terreur. Dépassée, la menace d'Armageddon. La charge écrasante de construire un Nouveau Monde ne pesait plus sur leurs épaules. Derrière eux s'étendait la noire profanation de l'église et du bois. Devant eux, la verte campagne du Kent resplendissait sous un ciel bleu moucheté de nuages blancs frangés d'or par le soleil de ce nouveau jour ; leur reflet doré se réverbérait sur la terre où les premières teintes d'automne apparaissaient sur les feuilles. Leurs maisons étaient sauvées. Leur famille, leurs amis étaient encore en vie. Une rangée de visages souriants les accueillaient. Ils allaient retrouver leurs biens, le coffre qui les contenait se trouvait devant leurs yeux.

Ils regardèrent, abasourdis. Un sentiment trop fort pour être réprimé, presque trop profond pour être exprimé, commença à poindre, puis gonfla, bourgeonna et s'épanouit en mots, dans la bouche du membre du groupe le plus bavard et le plus affecté.

— Tout ça est vraiment trop décevant, dit Mrs. Blaine.

Achevé d'imprimer par Elsnerdruck
à Berlin
en avril 1997

N° d'éditeur : 2769
Dépôt légal : mai 1997
Imprimé en Allemagne